LES FRUITS D'OR

NATHALIE SARRAUTE

Les Fruits
d'Or

GALLIMARD

*Il a été tiré de l'édition originale de cet
ouvrage quarante-sept exemplaires sur vélin
pur fil Lafuma-Navarre numérotés de 1 à 47.*

— Oh écoute, tu es terrible, tu pourrais faire un effort... j'étais horriblement gênée...

— Gênée ? Qu'est-ce que tu vas encore chercher ? Pourquoi gênée, mon Dieu ?

— C'était terrible quand il a sorti cette carte postale... la reproduction... Si tu avais vu avec quel air tu l'as prise... Tu me l'as passée sans la regarder, tu as à peine jeté un regard... Il avait l'air ulcéré...

— Ulcéré... voyez-vous ça... Il était ulcéré parce que je ne me suis pas extasié comme ils font tous, parce que je ne me suis pas prosterné...

Face contre terre au même moment, extases, chœurs, bêlements... merveilleux synchronisme... ils sont étonnants... la main enfoncée dans l'ouverture du veston sort... mais il aurait fallu être satisfait comme le médecin qui hésitait encore et qui voit surgir à point nommé le petit bouton, la légère éruption, il aurait fallu se réjouir quand il a sorti cela de la poche intérieure de son veston, là, tout contre son cœur, et l'a tendu, l'œil gourmand, savourant l'effet... Vous avez vu ça... ce Courbet... Admirable. Regardez...

— C'était drôle. Il est tordant. Tu sais que c'est exactement la même reproduction qu'ils ont tous chez eux, qu'ils portent tous sur eux en ce moment...

Epinglée au mur sur le papier gris à grosses fleurs roses au-dessus du bureau pour capter l'inspiration, glissée dans la rainure entre l'encadrement et la glace au-dessus de la cheminée, tout à coup... miracle... la même... Et leur air... cet air qu'ils ont... Pudique. Fier. Ma trouvaille. Ma création. Mon petit trésor secret. Ne me quitte jamais. Mais tenez, à vous, vous en êtes digne... à vous je peux sans crainte : pas de profanation, aucune souillure. Avec vous, tenez, je partage. Un don. Mon bien le plus précieux...

Une grosse tête aux yeux protubérants se balance, les lèvres épaisses s'avancent... la voix baisse, le respect l'écrase... Courbet. Il n'y a que lui. Le plus grand. Moi je le dis. Moi je ne crains pas de le dire : c'est le plus grand génie. Shakespeare et lui. Moi je le dis toujours : Shakespeare et Courbet.

— Et tu crois — sa voix monte — tu crois que je vais me laisser embrigader ? Mais je m'en moque complètement qu'il soit froissé. Je n'aime pas qu'on me fasse marcher. Qu'on me prenne pour un idiot.

— Là je ne te comprends pas. Je n'ai jamais pu comprendre que tu prennes ça tellement à cœur, des choses comme ça. Moi j'ai si peur. Avec lui surtout. Mais même avec n'importe qui. Je t'assure, je ne sais pas où me mettre. Il me semble toujours...

— Oui, ça m'a amusé de te voir... Cet air de componction, de révérence avec lequel tu t'es inclinée. Comme devant le Saint Sacrement... Ta voix... Oh oui... c'est beau... C'est où ? Dans quel musée ? Ah oui... C'est admirable... Tu m'amuses... Tu ne regardais rien.

— Non, rien. Mais je suis polie. Je le serais peut-être moins si toi... Mais ça me gêne trop, je ne peux pas...

— Eh bien, figure-toi, je trouve que tu n'es pas chic pour lui, tu as tort. Moi, figure-toi, je n'ai pas ce mépris...

— Du mépris ? Mais tu es fou...

— Oui, parfaitement. Du mépris. Il faut ménager ce pauvre petit. Son snobisme lui fait si mal... sa moutonnerie... Ne pas toucher, c'est douloureux. Ne pas remarquer, c'est trop honteux. Il est si fragile, c'est si dangereux... Tu te conduis comme avec les fous. Tout le monde, d'ailleurs, avec lui joue cette comédie. Vous me faites tous penser à cette pièce de Pirandello où les infirmiers jouaient le rôle de courtisans. Chaque mot de lui — et il faut se pâmer. Chaque jugement — le plus inepte — et on acquiesce les yeux baissés. Son œil nous scrute, il guette la contradiction... il ne peut pas la supporter. Toute tentative de révolte est matée aussitôt par vous tous... Tous comme toi : Ça m'a fait mal... J'ai eu chaud... Eh bien moi, je n'ai pas chaud. Ce sont des choses avec lesquelles je n'aime pas jouer. Et ce n'est pas Courbet. Il ne s'agit pas de ça. J'ai essayé de les voir, les fameux Courbet, j'y suis allé à l'heure du déjeuner pour ne rencontrer personne. Regarder un peu à tête reposée. Eh bien, pas de chance. Impossible d'échapper... Sur l'escalier... Je montais l'escalier et il le descendait, le petit Dulud, tu sais, celui qui écrit ces articles ineptes... il se trompe à tous les coups... Il a agité son doigt... Ah vous allez voir ça... Quelle exposition, hein ? Ah, vous c'est la première fois ? Vous verrez. Tout est de premier ordre. C'est admirable. Etonnant. Mais surtout, je vous recommande... dans la petite salle du fond... une toute petite toile... en bas à gauche... Ça, c'était sa petite découverte à lui, sa distinction... Une tête de chien. Vous verrez. Je ne vous dis que ça...

— Mais ils aiment ça pour de bon... je

t'assure. Ils ont envie de partager... je trouve ça plutôt touchant.

— Oui, je la connais, cette envie, ce besoin de mettre en commun. Oui c'est très beau, ça, c'est très bien. Mais le petit Dulud, tu veux rire...

On se reconnaît du premier coup. On est, n'est-ce pas, entre gens du même monde. Mêmes clubs fermés, mêmes cercles. Mêmes faiseurs et fournisseurs. Même fleur à la boutonnière, mêmes guêtres et gilet de satin, même monocle à l'œil. Mais là, ce petit détail, ce signe d'élégance à peine perceptible... la petite note hardie et discrète... gage du goût le plus rare... oh ce n'est rien... une bagatelle... mais à vous, tout à fait entre nous... allez-y, vous pouvez de ma part... mais pas du tout, je vous en prie... là-bas, au fond de la salle à gauche... Personne ne la remarque, mais je vous la recommande. Tout à fait exquise, vous m'en direz des nouvelles : une tête de chien.

— La tête de chien. L'avez-vous vue ? —

Moi je trouve ça admirable. — Je trouve ça une pure merveille. — Cette petite chose à elle toute seule...

En elle réunis... délices... communion, fusion des âmes... Je sens que moi aussi ça me gagne... titillation exquise... ça vient, ça me possède... Incantations... Extases... Allons, tous ensemble, plus fort. Encore. Plus fort. Plus loin. Moi maintenant je m'avance, je franchis toutes les bornes, je lâche tous les freins... Tout au bout... rien ne m'arrête... aucune crainte mesquine du ridicule, aucun souci glacé de pudeur. Encore. Jusqu'à l'extrême limite. Je m'abandonne... Le voilà. Il tombe en transes, le Dieu le possède, il se convulsionne, les yeux révulsés, l'écume aux lèvres, il se roule par terre, arrachant ses vêtements... Pour moi... il se frappe la poitrine... Pour moi, je ne crains pas de le dire... Rien au-dessus. Courbet est le plus grand. Shakespeare. Dernier sursaut. Il se courbe en arc de cercle : Shakespeare et Courbet.

— Tiens, tous ces gens-là m'écœurent.

13

Leur moutonnerie me dégoûte. J'en ai assez de leurs transes, de leur hystérie. Cette surenchère... C'est à qui ira le plus fort, le plus loin. Il faut les entendre... Aucun peintre présent ou passé ne lui vient à la cheville. C'est le plus grand génie de tous les temps. Et très sérieusement, tu sais. Personne ne songe à rire. Ils n'ont plus aucune retenue, ils n'ont pas peur du ridicule, et d'ailleurs ils seraient ridicules aux yeux de qui ? Ils sont du bon côté, ils peuvent être tranquilles. Que quelqu'un ose broncher... Tu as vu comme il m'a regardé ? Mais même si j'adorais Courbet... d'ailleurs il a des toiles admirables... je n'en aurais rien dit. Belloc qui porte aux nues les pires navets... Mazille... avec lui ça ne rate jamais... des vessies pour des lanternes, c'est sa spécialité... Mais là-dessus, jamais un mot. Silence. On oublie. Malheur à celui qui s'aviserait de le rappeler... le béotien, le bécasseau qui viendrait, tu vois ça, d'un air innocent, demander : Mais Mazille, qu'est-ce que ça fait, son opinion ? Vous vous rappelez quand il a écrit que ce fabricant de croûtes... Fi donc. Haro sur le baudet.

Horreur. Horrible attentat à la pudeur. Est-ce qu'on exhibe ces choses-là ? Ça jamais. Même moi, tu me trouves si terrible, je suis si dur... eh bien je n'oserais pas... Ce serait trop facile. Moi aussi, au fond, je suis comme toi, j'ai trop pitié.

— Pitié, toi ! Moi oui, j'avais pitié quand tu as pris cet air... Il avait l'air de quelqu'un qui s'est livré... quelqu'un de faible... Il m'a semblé que tu profitais... je ne sais pas... comme une brute... si, je t'assure, tu profitais d'un avantage, d'une supériorité... il m'a fait tout à coup terriblement pitié...

Tout doux, délicat, un peu craintif. Sentant peut-être vaguement une hostilité, une menace, et se dépensant, se démenant, s'épanchant pour désarmer, pour amadouer, offrant tout, mais tout ce que vous voudrez... cela peut-être, ou cela ? Je le dépose devant vous, là, à vos pieds... tout ce que j'ai vu, tout ce que je connais... films, pièces de théâtre, romans, concerts, expositions... cela vous convient-il ? cela pourra-t-il vous apaiser ? peut-être pourrai-je ainsi détourner...

peut-être, il ose à peine l'espérer, pourrai-je malgré tout — et c'est si touchant, cette obstination d'enfant, cette naïveté — pourrai-je parvenir à vous séduire, à vous charmer ?... sourire tendre qui s'efface brusquement, regard où l'expression de confiance, d'amitié par moments s'estompe, se ternit, se recouvre d'une buée légère, faite d'inquiétude, d'étonnement... Et la brute impassible, insensible, se laissant froidement cajoler — rien à faire pour l'attendrir... Enfin — ce geste... la main s'enfonçant dans l'ouverture du veston... sortant ce trésor... talisman... signe secret... Nous sommes frères, n'est-ce pas, je le sais... Je vous offre le pain bénit. Je vous apporte le pain et le sel...

— Tu étais horrible. Tu n'étais pas poli. En voilà un besoin de punir le moindre signe de dépendance, d'imposer l'intégrité, une pureté absolue... Il était froissé, blessé... Je souffrais quand il s'est replié...

— Mais il ne s'est pas replié. Ou plutôt si, il s'est peut-être replié. Par dédain. Par dégoût. Tu m'amusais beaucoup quand tu cherchais à rattraper ma « gaffe », à me faire pardonner. Moi, je trouvais qu'il était plutôt vexant... quand il a changé de sujet brusquement, quand il s'est mis à parler de vacances...

— Bien sûr, tu as montré que tu refusais ce qu'il t'offrait. Tu as refusé de fraterniser. Il a cherché autre chose...

— Ha, ha, autre chose. Bien sûr. Autre chose. A ma portée. Les voyages : c'était pour moi. Un peu plus, et il se serait mis, pour être à ma portée, à me parler de marques d'auto... Mais ça t'a fait trop peur... Tu n'as pas pu le supporter...

— Non, je ne peux jamais...

Le sol s'ouvre. Crevasse énorme. Et lui de l'autre côté, lui qui s'éloigne sans se retourner... il faut crier, le rappeler... qu'il se retourne... qu'il revienne... ne nous abandonnez pas... vers vous, chez vous, sur votre bord, aidez-nous, nous venons... saisissez ce que je vous jette, cette corde que je vous lance pour nous tirer, saisissez-la, je vous en supplie... juste encore un essai, vous verrez,

17

faites-nous confiance encore une fois... Dites-
moi... avez-vous lu ?... Qu'est-ce que vous en
avez pensé ?

— C'était très drôle quand tu lui as demandé — tu trouvais que le plaisir n'avait
pas assez duré, c'était vraiment de la provo-
cation — quand tu lui as parlé de ce bouquin...

— Les Fruits d'Or...

— Oui, c'est ça. Je me demandais si c'était
un test, une épreuve que tu voulais lui faire
subir pour voir si... vraiment... ce livre... il
trouvait... Mais qu'est-ce que tu t'imaginais ?

— Mais rien. Je m'en moque, de ce qu'il
pense. Je voulais juste l'apaiser. Revenir sur
son terrain.

— Ah mais c'était trop tard. Il n'a pas
marché. Ma désinvolture quand je t'ai passé
sans dire un mot cette reproduction... ça lui
est resté dans le gosier. Trop tard. C'était
tordant de voir cet air glacé avec lequel il t'a
dit ça, du bout des lèvres : « Oui. Certainement. C'est très bon. » Qu'est-ce qu'on pouvait attendre ? N'est-ce pas le dernier cri ?

N'y a-t-il pas eu un article de Bernier ? de Ramon ? Que voulais-tu qu'il te dise ?

— Oh, ce n'est pas ça... Tu ne peux pas comprendre... J'espérais qu'on discuterait... Je ne pouvais pas supporter que tous les ponts soient coupés...

Pendant des heures, s'évertuant bravement, leurs visages souriants, à peine crispés, leurs yeux immobiles où brille un foyer lumineux, une flamme que de toutes leurs forces rassemblées ils ne cessent d'alimenter, où ils jettent, puisant à pleines mains, à pleines pelletées, il ne s'agit pas de lésiner, tout ce qu'ils trouvent, tout ce qu'ils ont, leurs richesses, leurs trésors — ils dilapident sans compter. Mais par moments, sans qu'ils y prennent garde, la flamme tout à coup vacille, elle se penche, elle s'éteint, et l'autre qui ne la quitte jamais des yeux, vers elle comme si de rien n'était, toujours sur sa lancée, ou bien certain de la voir se rallumer, sachant qu'on ne le laissera pas errer sans secours, s'égarer dans l'obscurité, s'efforçant de ne pas dévier, de rester dans la bonne direction, l'autre vers elle, à l'aveugle, vaillamment avance...

Et la voilà, elle brille de nouveau... un sur-saut, un effort et elle est ranimée, c'était juste un moment de fatigue, une légère distraction, ne craignez rien, elle est toujours là... « Oui, oui, je vous entends, vous avez raison, c'est bien ce que je pensais... moi aussi, j'ai beau-coup aimé... c'était juste peut-être la fin... je me demandais... Non ? Vous ne trouvez pas ? Mais vous devez avoir raison... Je vais encore relire, revoir... » On se sent un peu courbatu, endolori, mais il faut continuer coûte que coûte, il faut à tout prix atteindre... courage... encore un effort... on approche... tout près... voilà... la main s'enfonce dans la poche inté-rieure du veston, tire la reproduction, se tend... Et cette brusque rafale... Cet énorme coup de vent... Tout s'éteint. Nuit noire. Où êtes-vous ? Répondez. Nous sommes là tous les deux. Ecoutez. J'appelle, répondez-moi. Juste pour que je sache que vous êtes toujours là. Je crie vers vous de toutes mes forces. Les Fruits d'Or... vous m'entendez ? Qu'en avez-vous pensé ? C'est bien, n'est-ce pas ? Et la

voix morne répond... « Les Fruits d'Or...
c'est bien... »

Rues vides. Les pas résonnent. Façades
sombres. Mais c'est la chance, c'est le destin,
c'est le sort propice, cette fenêtre, sa fenêtre
à lui, encore éclairée... Allons, le sort en est
jeté... La porte cochère s'ouvre, voilà la minu-
terie, les deux marches, la porte vitrée, l'escalier, quatre à quatre, mais pourquoi quatre à
quatre ? quelle idée... qui a jamais ?... C'est
deux à deux qu'il faut dire, deux à deux, très
bien, ne penser à rien, ne pas penser, deux
à deux, une à une... Le doigt se tend vers le
bouton de la sonnette. Appuie. Sonnerie.
C'est déclenché. Les pas se rapprochent...
Mais je ne veux pas, arrêtez... la porte s'ouvre... se raidir de toutes ses forces, se cramponner... « Ce n'est rien, ne vous effrayez
pas, j'ai vu de la lumière, j'ai cru que je pouvais... j'ai oublié mon écharpe... mes gants...
j'ai dû laisser... » Non, trop tard, impossible
de reculer. Mais qu'on ne me pousse donc
pas comme ça, qu'on me laisse juste encore

un instant pour me ressaisir, me décider, voilà, je desserre mes doigts, je me penche au-dessus du vide, je m'arrache, mes pieds décollent, je bascule... « Voilà... ce n'est pas ça... Je suis revenue pour vous demander... Vous allez rire... C'est de la folie... Mais je veux savoir. Cela me fait souffrir, vous comprenez. Je veux que vous me disiez... Tout à l'heure, quand vous avez répondu : Les Fruits d'Or, oui, c'est bien... d'un ton qui m'a semblé... Je vous en supplie, dites-moi, vous ne pouvez pas refuser. Vous seul pouvez me donner... Il me le faut à tout prix... Je suis revenue... »

Dans la salle commune des femmes échevelées aux longues mèches rêches se frappent la poitrine, grimacent, rient, soulèvent leurs jupes, montrent leurs cuisses grises, agitent leur arrière-train, des femmes, le bras tendu, au milieu du tintamarre, restent immobiles, figées comme au jeu des statues, catatonie, épilepsie, hystérie, camisole de force, douches, coups, féroces gardiens... Mais cela ne fait rien, cela ne compte pas, je n'ai pas peur, je veux que vous me disiez... Vous étiez froissé, n'est-ce pas ? Dites-le. Répondez-moi. Vous vous êtes écarté de nous ? Vous avez cru... Qu'est-ce que vous avez cru ? Sûrement vous avez cru comme moi... Répondez, il le faut. Vous ne dites rien. Ah qui ne dit mot consent... voyez, je le sais déjà... Vous avez pensé qu'on vous trouvait... Tout brûle autour de moi, tout mon corps, mon visage sont brûlants. Mais je dois saisir, retirer du brasier, je dois sauver... c'est là... laissez-moi approcher... c'est à portée de ma main, laissez-moi... voilà, je vais le toucher, l'arracher... permettez-moi... Vous étiez vexé, tout à l'heure, à cause du Courbet, vous avez voulu vous écarter, rompre les ponts... Quand j'ai essayé de me rapprocher, quand j'ai tendu les bras vers vous, quand je vous ai demandé pour Les Fruits d'Or... vous avez voulu nous repousser, marquer que c'était trop tard, que la rupture était consommée... Ne dites pas un mot, si vous ne le voulez pas... Juste un petit signe, je n'en demande pas plus, un simple clignement, un cillement... Et ce sera la sécurité. La paix. Je serai sauvée. Nous serons sauvés. Pour toujours. Salut éternel. Dans la lumière réelle. Au ciel. Contemplant la face de Dieu.

Ah, il n'y avait rien, c'est cela ? Vous ne pensiez rien. Les Fruits d'Or — c'est bien. Vous pensiez cela. C'est tout. C'est cela que vous me jetez, je dois m'en contenter, c'est cela que vous jetez aux affamés pour les écarter, riche comme vous l'êtes, possesseur de tels trésors. Juste cela pour moi : vous trouviez que Les Fruits d'Or, c'est bien. Qu'est-ce que je voulais de plus ? Vous n'alliez tout de même pas nous faire une conférence, tenir des discours... C'est cela que vous me donnez, cette menue monnaie... j'ai beau la tourner et la retourner... qu'est-ce que c'est ? Je ne connais pas cela... Ce sont des pièces que vous avez sans doute rapportées d'un pays étranger où je ne suis jamais allée... Elles n'ont pas cours ici, où je vis, vous le savez bien. Que voulez-vous que j'en fasse ? Vous pouvez les garder. Tenez, je vous les rends. Je n'en veux pas.

Images familières de la patrie retrouvée...
D'elles la tendresse irradie, d'elles coule la
sécurité... Vers elles le voyageur revenu de
contrées barbares, le prisonnier rentré de
captivité se penche... les voilà, toujours à leur
place, épinglées au mur au-dessus du bureau... voilà Verlaine, dans sa houppelande,
assis devant son verre d'absinthe sur la ban-
quette en toile cirée d'un vieux bistrot, Rimbaud et sa mince cravate au vent, Gide et
les fentes étroites de ses yeux d'Indien sous
les larges bords de son chapeau de gaucho...
Et celle-ci... « Ah, vous l'avez accrochée...
moi aussi... elle ne me quitte pas, je la porte
toujours sur moi... Admirable, n'est-ce pas ?
Je crois — vous êtes de mon avis ? — que
Courbet n'a jamais rien fait de plus beau...

Ses doigts retracent dans l'air, caressent...
Cette ligne-là surtout... Toute cette partie-
là... Etonnante, vous ne trouvez pas ? Pour
moi Courbet, vraiment, je crois... »

La longue tête étroite s'incline. Sur le
visage quelque chose vacille... comme une à
peine perceptible ironie... Il y a dans le regard
de l'étonnement... Mais qu'avez-vous ? Qu'est-
ce qui vous prend ? A-t-on besoin ici entre
nous d'exprimer, d'affirmer... Est-ce que cela
ne va pas de soi ?

C'est vrai, comment est-il possible de l'oublier ? Ne sont-ils pas chez eux, dans leur
pays, un pays civilisé où les vraies valeurs
sont respectées, où le mérite est récompensé,
où règne la justice, où triomphe le bon droit ?
Mais comment expliquer à celui qui n'a
jamais connu l'arbitraire, l'obscurantisme, la
barbarie... Comment pourrait-il comprendre,
seulement soupçonner ? Comment oser lui
confesser ?

Le fils débauché qu'imprègnent encore les
moiteurs, les fades odeurs, relents de linges
grisâtres, de brillantines, de parfums clin-
quants, d'alcools, de drogues, de vomisse-

ments, éprouve ce même malaise quand, relevant la tête au-dessus de la fine main délicatement parfumée de sa mère aux boucles d'argent, au cou encore si pur qu'entoure déjà pudiquement le petit ruban de velours, il voit posé sur lui son regard confiant.

« Si vous saviez quel délice c'est d'être près de vous, ici, comme je suis heureux que vous soyez là... Vous ne pouvez pas comprendre... ce sont des choses que vous ne comprenez pas... qui à vous ne sont jamais arrivées. Je sais que ça n'arrive qu'à moi. Vous vous en souvenez ? on en a parlé un jour, je crois, ou bien ai-je seulement voulu vous en parler ? Il y a des gens qu'il ne faudrait jamais voir, il faut les fuir, ils sont nocifs... ils laissent comme un arrière-goût... Encore le lendemain, on ne se sent pas bien... comme après avoir vu une mauvaise pièce de théâtre, un mauvais film... Une sensation comme celle de langue pâteuse que laisse un mauvais repas... Leur contact est salissant... Il y a quelque chose d'avilissant... »

« Et Les Fruits d'Or, est-ce que vous aimez

ça ? » La face lisse et plate au bout du long cou maigre se tend... une face vieillotte de petite fille trop sage... une face confite de dévote sans âge... « Et Les Fruits d'Or, vous aimez ça ? »... Voix comme une fine sonde flexible qui s'introduit doucement, là, très délicatement... Pour un peu elle zozoterait comme on fait quand on parle à un enfant... Tu vois, je sais comment il faut le prendre... Elle a fureté, flairé partout... Ah moi, vous savez, je vois tout... elle sait ce qui convient à chacun. Voilà ce qu'il faut lui offrir. Regarde, je lui tends cela, tu verras, il ne pourra pas résister. Tu l'as brusqué, tout à l'heure, il ne fallait pas, mais je vais rattraper cela. Les Fruits d'Or, c'est exactement ce qu'il lui faut.

— Il y a des gens qu'on ne doit laisser approcher de soi à aucun prix. Des parasites qui dévorent votre substance... Des microbes qui se fixent sur vous... Mais je suis sûr que vous, jamais... Vous devez les fuir comme la peste. Pas même fuir, pour vous ils n'existent pas.

— Oh moi, autant que possible j'évite les gens qui m'ennuient, qui me font perdre mon temps.

— Oui, je sais, je vous ai souvent observé. Vous avez un de ces instincts de conservation... Je vous envie. Je vous admire quand vous refusez le contact, quand vous vous tenez à l'écart...

— Mais qui vous empêche ?... Le regard indulgent durcit, la peau sur l'arête fine du nez se plisse, marquant une légère répulsion... « Pourquoi faites-vous ça ? »

— Ah pourquoi ? Pourquoi, justement, oui, pourquoi ?

Mais y a-t-il donc un décret, une loi, y a-t-il une dispense accordée en haut lieu qui l'autorise, lui, à refuser de voir ces gens charmants, des gens d'un si grand mérite, cultivés, intelligents ? Qu'ont-ils fait qui soit prévu, édicté, codifié, qui permette de prendre à leur égard une mesure si exorbitante du droit des gens ? Voulez-vous répondre. Que vous ont-ils fait ? Quelles raisons valables avez-vous ? Quelles preuves ? Aucune, n'est-ce pas ? Juste vos impressions, juste vos sensations si subtiles, que vous êtes seul à éprouver. Personne de normalement constitué ne les partage, ne les comprend. Mais vous vous portez tellement en écharpe, vous donnez droit de cité à vos plus fugitives impressions. Vous êtes si délicat, n'est-ce pas ?... Non, ne croyez pas cela, non, ne me condamnez pas. Je vous assure, je ne me permets rien. Absolument rien. Aucune désinvolture. Aucune outrecuidante liberté, je peux vous en assurer. Je suis parfaitement conscient de mes devoirs, de mes responsabilités... profondément touché... je suis ravi, comme c'est gentil... il y a si longtemps... comme ils sont charmants... si simples, tout clairs et si confiants. Ses hôtes. Sous son toit. Venus remettre en sa garde ces moments, ces parcelles précieuses, sacrées, de leur vie... Il fera tout ce qu'il pourra pour s'en montrer digne, on peut compter sur lui... il accepte l'honneur, il s'incline, donnez-moi ça, je vais vous débarrasser, il fait si chaud, non, un peu froid ? mais vous allez voir, tenez, ici, près du feu, mettez-vous là, non, là, vous serez mieux...

fauteuil, coussin, porto, whisky... Ils sont un peu figés, ils sont comme resserrés... on dirait qu'ils sont gonflés à éclater de quelque chose qu'ils cherchent à retenir, à contenir... Qu'est-ce que c'est ? Une appréhension ? Une hostilité ? C'est quelque chose en lui sûrement, quelque chose qui filtre de lui, qui se dépose en eux et fait germer, se développer... Il a envie de détourner la tête, de baisser les yeux... Ridicule, complètement grotesque, comme ce personnage, où donc ? qui baissait les yeux pour que les autres ne soient pas aveuglés par les rayons de son intelligence... c'est stupide... Voyez... il n'y a rien, rien en moi qui m'empêche de vous regarder tout droit dans les yeux. Voyez, je vous regarde, nous sommes égaux, absolument semblables, vous le savez bien... Vous sentez comme moi, vous comprenez tout comme moi, mieux que moi probablement... Pourquoi irais-je vous jouer la comédie ? Pourquoi essaierais-je de vous tromper ? De quel droit est-ce que je vous cacherais... Qu'y a-t-il donc en vous qui puisse m'empêcher de vous donner ce que je donne à tous autour de moi ? Pour vous, comme pour tous mes amis, je vais chercher, je vais extraire de tout ce que je vois, de tout ce que je sais... butiner... pour vous, tenez, voilà, prenez, je vais vous montrer... Sa main s'enfonce dans la poche intérieure de son veston... Attention. Tout son instinct de conservation alerté retient sa main. Halte-là. Prudence. Pas de folies. Ce sont des étrangers, des ennemis. Ils lancent autour d'eux des regards méfiants, ils sont sur leurs gardes, inquiets, comme s'ils sentaient autour d'eux des menaces indéfinissables, un invisible danger... il ne faut à aucun prix risquer de provoquer... Mais quoi ? Provoquer quoi ? Fantasmagories. Folies. Tentations. Arrière, Satan. Bure, cilice, signes de croix, génuflexions, délivrez-moi du Malin... Voilà. Il est exaucé. Il ne voit plus rien. Il est pur, il est innocent. Il est humble et obéissant, il se soumet et il observe la règle. Sa main obéit... elle plonge dans la poche intérieure de son veston et en sort... comme il est naturel, comme il se doit quand on reçoit chez soi des amis charmants qui s'intéressent à ces choses-là...

« Ce Courbet... je ne sais pas si vous le connaissez ? Admirable, n'est-il pas vrai ? »

Pas le plus petit signe d'acquiescement. La main saisit la carte postale du bout des doigts et la passe. Silence. Oui, parfaitement. Silence. Pas un mot. Il prend la reproduction et la passe sans prononcer un mot. Et qu'y a-t-il donc là, je voudrais le savoir. Quelle réserve dédaigneuse ? Quel ricanement rentré ? Attention, hein, ça ne va pas vous reprendre ? Un homme tout simple, vous entendez, un brave homme, respectueux de certaines valeurs, prend de vos mains une reproduction de Courbet que vous lui tendez, y jette un coup d'œil... Il est vrai, à peine un coup d'œil... Bon. Admettons. Probablement il la connaît. C'est un homme très fin, un homme cultivé. Il ne dit rien. Qui ne dit mot consent. Son silence montre du respect. De la modestie. Il ne pense pas que son avis soit important. Il ne le trouve pas si intéressant. C'est tout à son honneur. C'est un homme sincère. Un homme tout simple et franc qui n'aime pas les formules creuses, les simagrées.

33

Simple. Modeste. Franc. Pénétré de respect. Qui ne dit mot consent. Je le veux bien. C'est bon, je me soumets. C'étaient des hallucinations. Les signes dangereux du délire de persécution. Même quand cela crève les yeux, je me soumets. Même quand c'est évident à hurler, même quand elle se penche trop bas, comme pliant sous l'admiration et pousse ses piaillements, même quand il la regarde, je le veux bien, rien ne s'est passé entre eux, aucun signe secret entre eux qui montre leur connivence, l'immense distance où ils se tiennent et d'où ils me voient, pris, enfermé tout entier dans le champ de leur regard. Non. Ils sont tout contre moi. Si près qu'ils ne peuvent avoir aucune vue d'ensemble, ils perçoivent cela seulement, cette image de moi que je leur présente en gros plan, ce bon regard ouvert, confiant, que je pose, voilà, tout droit sur leurs yeux...

— Pourquoi je les vois ? Je me le demande. Par sottise probablement, par veulerie. C'est ridicule... je ne sais pas comment vous expli-

34

quer... J'ai un sentiment absurde d'égalité. Je leur fais crédit. Je leur parle de ce qui me tient au cœur. J'essaie de les prendre par leurs bons côtés... Je crois toujours que j'arriverai à les convaincre. Qu'il suffit... à n'importe qui... de montrer... Ça, tenez, cette merveille. Ce Courbet...

« Et Les Fruits d'Or, est-ce que vous aimez ça ? » Douce mince voix qui s'insinue pour introduire délicatement... juste ce qu'il lui faut... vous allez voir... je sais m'y prendre... regard qui guette, émoustillé... Eh bien, elle ne s'est pas trompée, qu'ils voient donc, qu'ils entendent, je hurle... Oui, j'aime ça. J'aime ça, vous entendez ? Allons. Fixe. Au garde-à-vous. Saluez. J'aime ça. Et pas d'explications. Je suis comme ça. Regardez comme je suis, contemplez. Voilà, j'aime Les Fruits d'Or, comme vous pouvez le penser. Parfaitement. Et je vous interdis de broncher. Et maintenant, allons, ouste, déguerpissez. Je vous ai assez vus, mon caprice est passé. Ça m'avait amusé un moment de vous laisser approcher, j'avais envie de m'encanailler. Et maintenant à vos places, à l'office, au sous-sol. Ici nous sommes dans les appartements des maîtres.

— Ouf, n'y pensons plus, tenez. Qu'ils aillent au diable. Voilà. Je m'en moque, à présent. C'est oublié. On est si bien ici, entre nous. Dites-moi donc plutôt, je voulais vous demander, je ne l'ai pas vraiment lu, je n'ai eu le temps que de le feuilleter, je voudrais que vous me disiez : Les Fruits d'Or, qu'est-ce que vous en avez pensé ?

— C'est un livre admirable. D'ailleurs, vous voyez, je suis en train de le dire... J'écris un article, justement... Ad-mi-rable.

Dans le mot quelque chose résonne qui ne va pas à cet homme au visage doux et las, à ce vieil ami au bon regard usé, quelque chose d'emphatique, de lourdement satisfait, d'un peu ridicule... Il est ridicule... Tu l'entends ?... Ils écoutent à la porte, ils sont là, toujours aux aguets... Ad-mi-rable... le mot en eux s'est répercuté, il me revient, amplifié, déformé... Admi-raable... ils se poussent du coude en s'esclaffant... cette assurance, ce ton sans

36

réplique... Il lance le mot d'ordre. Le commandant en chef a pris ses décisions. Et l'autre, immédiatement... Qu'est-ce que je te disais ? Ah je le connais. Tu vas le voir...

Non, non et non. Vous ne verrez rien. Je suis libre, vous entendez. Absolument libre. Indépendant. Sachez-le bien : je ne m'en laisse jamais accroire. Personne ne peut m'en imposer... « Vraiment ? Les Fruits d'Or, moi, je ne sais pas, je m'en méfie un peu. On en parle tellement... Lemée admire ça. C'est un peu inquiétant... »

Je n'ai pas peur de ce qui sort entre les paupières rapprochées et pique sa pointe droit dans mes yeux. Je détourne la tête, je marche — regardez-moi — vers la table où le livre est posé sur des feuillets couverts d'une large écriture. Je l'ouvre... Comme on pose la main sur un verre pour arrêter son tintement, je fais en moi le silence. Que tout s'immobilise, se fige. Je me tasse sur moi-même, solidement calé, lourd, presque un peu inerte. Il faudrait, je vous assure, pour me faire tressaillir, pour me soulever, un fort courant. Et rien, je le reconnais, rien ne vient de ces phrases luisantes et raides, empesées, glacées... Rien. Absolument rien. Et cela me rassure, je ne sais pas pourquoi. J'éprouve une sorte d'apaisement... Est-ce de me rapprocher de vous ? d'être de votre bord, de me sentir semblable à vous, qui me fait du bien ? Je suis content de pouvoir vous le dire : rien ne passe, pas la plus légère vibration, voyez, je suis honnête, je suis franc. Je suis libre, je suis fort, je suis intègre et franc. Libre, parfaitement libre... honnête...

Mais là... vraiment... là, honnêtement... est-ce que quelque chose ne vient pas de passer ?... je suis obligé... franchement... je ne peux pas le nier... j'avoue que là, il me semble que je perçois... je n'y peux rien... j'entends comme un très faible son... un très léger tintement... les ondes, d'un mot à l'autre, d'une phrase à l'autre se propagent, quelque chose résonne très discrètement, je l'entends, je n'y peux rien... que voulez-vous, il vous faut, à vous, pour que vous entendiez, des cris, des roulements de tambour... Mais moi, il faudrait pour ne rien entendre me boucher les oreilles... les mots me paraissent maintenant plus lourds, j'ai envie de les retenir, de les soupeser, de les ouvrir, de pouvoir à loisir... je crois bien que j'y trouverais... plus on a d'esprit, vous le savez... Mais écartez-vous donc, vous me gênez... votre présence, là, autour, nuit... quand vous êtes là, j'entends mal, les sons me parviennent brouillés, je me sens, quand vous êtes là, comme dans une salle qui a une mauvaise acoustique... sortez, on vous l'a déjà dit, vous êtes inertes, mous, grossiers... Votre présence... votre contact est salissant... Votre place n'est pas ici, entre nous... « Ça a l'air admirable, c'est vrai. Je vais le lire. Chaque phrase doit être savourée. Bréhier est un écrivain. C'est indiscutable. Ça fera du bien à certains imbéciles, que vous le disiez... » Vous entendez, vous, là-bas, on vous forcera à admirer, on vous enfermera dans l'admiration, on vous parquera, moutons bêlants, entourés de chiens... « Tous ces gens qui font la fine bouche. Ces imbéciles... Je ne comprends pas Baudelaire et sa joie à les fréquenter. Moi, la seule pensée qu'ils existent me fait souffrir... il y a des moments où je voudrais les exterminer. »

— Vous êtes drôle. Faites donc comme moi. Ne vous en occupez pas. Soyez plus sûr. La vérité, la beauté l'emportent toujours, croyez-moi. Il suffit de faire tranquillement son travail. De suivre son bonhomme de chemin.

— Je sais, c'est idiot, vous avez sûrement raison. Allons, je vous laisse. Excusez-moi, je vous ai dérangé. Mais à certains moments, vous savez, je deviens très égoïste, je ne peux pas m'en empêcher, il faut absolument que je vous voie.

Derrière l'écran protecteur des gestes, des mots... « Mais non, pas du tout, ne vous excusez pas, mais si, au contraire, revenez... Et ne prenez pas les choses si à cœur... tapes amicales sur l'épaule, rire bonhomme... Ne voyez donc pas tous ces gens-là, allons, bon courage, bon travail, à bientôt... c'est cela, un soir... volontiers... » derrière le mince rideau de fumée, tout ce qui en lui, à l'arrivée de l'intrus, avait fui, tout ce qui en lui s'était dispersé, tout ce qui attendait, caché, se regroupe, s'organise, rentre dans l'ordre. Aussitôt la porte refermée... sans bruit, le moins de bruit possible, doucement... que l'autre ne perçoive que très assourdi l'inévitable petit claquement, le déclic qui le fait brutalement basculer dans le néant, se dissoudre, se désintégrer — pas une trace n'en reste. Même l'image qu'a laissée, l'espace de quelques secondes, la longue forme étroite et sombre qui descendait les marches de l'escalier, s'est évanouie. Il ne reste plus rien, pas même une sensation de soulagement. Il n'y a rien à redresser, à effacer, aucun dommage à réparer. Pas le moindre dégât, aucune éraflure, tache, poussière, fine buée sur les rouages lisses et brillants : la vieille machine admirablement construite, solide, inattaquable, très bien huilée et préservée, s'ébranle doucement, se remet à tourner.

Maintenant tandis qu'il s'assoit à sa table, il sait que les heures vont commencer à se détendre lentement, docilement, à s'épandre loin devant lui dans le silence, dans la solitude de la nuit, soulevant, gonflant en lui le sentiment de sa liberté, de sa puissance, de sa durée — un avant-goût d'éternité. Près des feuillets épars, le livre est ouvert. Admirable, il a dit cela. Il faut l'écrire : un livre admirable.

Comme ces grosses fleurs disséminées avec

art qui dressent leurs pétales rigides et épais sur un gazon impeccablement tondu, soyeux et dru, un long et lourd imparfait du subjonctif déploie avec une assurance royale, au milieu de cette page lue au hasard, de cette phrase lisse et serrée, la gaucherie de sa désinence énorme.

Mais il est plutôt, ce subjonctif aux finales raides et surchargées que le mouvement vif et souple de la phrase soulève sans effort, pareil à la traîne chamarrée d'une pesante robe de brocart qu'un petit pied nerveux rejette, tandis qu'une fine tête poudrée s'incline cérémonieusement et se redresse avec une courtoisie hautaine. Révérence à laquelle toute personne bien née, aussitôt, tout naturellement, répond par un profond salut.

Lourdes formes un peu ridicules des modes d'autrefois qu'un couturier de génie reprend et qui, épurées par lui, réduites à leur pure substance, à leur quintessence, savamment dosées, donnent à la mode actuelle un charme nostalgique, à la fois juvénile et suranné.

Dans cet imparfait du subjonctif, appendice caudal un peu ridicule et encombrant, les plus fines ramifications de notre esprit viennent aboutir, comme les filets nerveux au bout de la queue redoutable du scorpion : sa pointe sensible s'étire, se détend et pique vivement quelque chose d'extrêmement ténu, de presque impalpable — une virtualité à peine discernable, une imperceptible intention.

Aucun critique ne vantera jamais assez, n'imposera jamais avec assez de rigueur cette langue écrite qui tamise, raffine, épure, resserre entre ses contours fermes, un peu rigides, ordonne, structure, durcit ce qui doit durer.

Elle rejette tout naturellement, elle ne laisse jamais passer ce qui est mou, flou, baveux, gluant. Tout ce que le langage vulgaire charrie et répand dans ses flots bourbeux.

Ici, pas de rires bruyants, de regards enfiévrés, de gestes excités, de mains moites qui étreignent vos mains. Personne ne vous saisit par le revers de votre veston et ne vous souffle au visage sa lourde et chaude haleine.

Ici, chacun garde ses distances. On est entre gens de bonne compagnie. Avec quelle discrétion de bon aloi, quelle exquise courtoisie on vous convie. Avec quelle pudeur, quelle fière modestie on sollicite votre attention... Mais êtes-vous même sollicité ? Devant vous, pour la pure joie de danser, une danse solitaire est exécutée. Chacun de ses mouvements d'une parfaite précision, hiératique, sacré, lourd d'un sens caché, accomplit les rites millénaires, célèbre les grands mystères : la mort, l'amour...

Admirable. Il faut dire cela. Il faut le crier. Une pose, maintenant, avant de s'élancer. La main tenant le stylo en l'air s'immobilise, le poignet appuyé au bord de la table.

« Je considère — et je l'écris en pesant bien mes mots — qu'avec Les Fruits d'Or une œuvre... »

Pure œuvre d'art — cet objet refermé sur lui-même, plein, lisse et rond. Pas une fissure, pas une éraflure par où un corps étranger pût s'infiltrer. Rien ne rompt l'unité des surfaces parfaitement polies dont toutes les parcelles scintillent, éclairées par les faisceaux lumineux de la Beauté.

Sous cette chaude lumière, en lui la sève monte, les mots hardiment s'élèvent... « Admirable... » Plus haut... « Une pure œuvre d'art... » Plus haut... « Rien dans nos lettres de comparable... » Plus haut, encore plus haut... « Ce qu'on a écrit de plus beau... » toujours plus haut, les cimes immenses se déploient... « Ce qu'on a écrit de plus beau depuis Stendhal... depuis Benjamin Constant... »

« Très bon, l'article de Brulé sur Les Fruits d'Or. De tout premier ordre. Parfait. »

Le ton impassible est celui de la froide constatation. Dans le visage immobile, le regard fixe est dirigé droit devant soi comme la bouche du canon que le soldat immobile sur son char pointe en avant, tandis qu'avec l'armée victorieuse il défile dans les rues de la ville occupée.

Inutile de fouiller à droite ni à gauche : toute velléité de résistance est écrasée. Qui oserait broncher ? Les révoltés, les fortes têtes, vous tous, là-bas, qui vouliez faire table rase, qui dansiez sur les belles terres plantu-reuses que vous aviez dévastées vos danses sauvages, poussiez vos cris, vous le savez maintenant, la fête est finie. Les vraies va-leurs triomphent. Les honnêtes gens peuvent respirer. Ah, on peut le dire, on revient de loin. Les hordes glapissantes avaient tout envahi, la plèbe ignare, répandue partout, lacérait les images sacrées, profanait les lieux saints. N'importe quelle brute barbare, jaillie on ne sait d'où, clamait des déclarations insensées. On avait tout supporté en silence. Chaque jour, il avait fallu voir les amis les plus sûrs passer bassement du côté des puissants. Puanteurs et sueurs. Ignobles grasseyements. Mots orduriers. Il avait fallu subir tout cela. Observer, impuissant, tous les dérèglements, foisonnements, grouillements, magmas informes, sombres fouillis, nuits traversées de sinistres lueurs.

Et soudain, ce miracle. Cette petite chose d'aspect modeste et anodin. Pucelle dans sa robe de bergère. D'un seul coup, toutes les forces du mal sont balayées. L'ordre règne enfin. Nous sommes délivrés. Maintenant on apprendra à tous les paresseux, les ignorants, les enfants de la nature, les forts tempéraments, à marcher droit. A respecter les règles du savoir-vivre, de la bienséance. On leur apprendra — ah c'est dur, n'est-ce pas ? — que la littérature est un lieu sacré, fermé, où seul un humble apprentissage, l'étude patiente des maîtres peut donner le droit à quelques rares élus de pénétrer. Les tricheurs, les parvenus, les intrus sont exclus.

De toutes parts on vient maintenant témoigner de sa fidélité, de sa soumission à l'ordre enfin rétabli, rendre hommage.

Voici les grands corps de l'Etat. Le gouvernement. Les membres des assemblées. Les cinq académies. Les grandes écoles. Les facultés...

« Depuis La Rochefoucauld, Madame de La Fayette, je le dis bien haut, depuis Stendhal, Brulé a raison, depuis Constant... Moi, tenez, moi qui ne lis plus guère de romans... le long index frotte la fine paupière fripée... je n'ai pas le temps... les journées sont trop courtes... les soirs libres, il faut se tenir au courant... tout va si vite en ce moment... il faut lire tous les travaux récents... Quand il m'arrive d'avoir quelques heures de loisir, je ne peux pas me permettre de les gaspiller...

4

je préfère revenir aux classiques, à mes auteurs préférés... Mais là, avec ces Fruits d'Or, j'avoue que j'ai retrouvé une joie très rare, comme je ne pensais pas qu'une œuvre actuelle pourrait m'en donner... Admirable. Un vrai joyau... la main amoureusement caresse dans l'air une forme arrondie... Une petite chose parfaite. Refermée sur elle-même. Ronde. Pleine. Pas une faille, pas une faute de goût. Je n'en ai pas trouvé. Pas une erreur dans la construction. Et si subtil, n'est-ce pas ? Si savant sous sa simplicité apparente. Un vrai miracle par le temps qui court... »

Mais perdent-ils donc la tête ? elle a envie de se dresser, de les arrêter... comment osent-ils ? ont-ils donc oublié qu'il est là, qu'il écoute, replié sur lui-même... à chaque mot qu'ils prononcent sur ce ton désinvolte, assuré, en lui, elle le sent (pas un mouvement en lui qui ne se transmette à elle aussitôt), un dépôt lourd s'amasse, grossit... Elle ne peut détourner les yeux de ses doigts aux ongles soignés qui tapotent la table à petits coups impatients... Elle voudrait être le petit doigt de cette main qui a, la première, feuilleté... elle a peine à le croire, c'était il y a si longtemps, elle n'était pas encore née... elle voudrait être une de ces petites rides autour de ses yeux fatigués d'avoir fixé avec quelle concentration, quelle acuité, tant de toiles, de statues, tant de pages manuscrites, signées de noms inconnus, où elle, (à qui oserait-elle jamais l'avouer ?) elle, ignorante, insensible, n'aurait vu qu'un magma hideux, qu'un morne fouillis, et où lui — c'est comme une aiguille magnétique en lui, qui se met aussitôt, miraculeusement, à osciller — devant le cercle d'admirateurs qui attendait en silence que s'entrouvrent ses lèvres réticentes et que tombe la brève sentence, a pu d'un seul geste de sa main tendue, d'un seul regard appuyé... là... tenez, ici... voyez... faire surgir et se tenir dressé, comme parcouru par un courant, quelque chose de vibrant, de vivant... cela, tenez... cela, c'est bon, c'est excellent... comment s'appelle-t-elle donc, votre jeune amie ?

Etranges presciences réalisées... Instants de

bonheur... à six ans, sept ans déjà, couchée dans l'herbe au bord du ruisseau, regardant les feuilles des peupliers entourer le ciel de leurs contours tremblants... Etait-ce possible ? Moi ? De moi ? Il a dit cela... elle ne s'y attendait plus depuis longtemps, elle avait renoncé... pour elle aussi le miracle s'est accompli... l'aile de l'ange annonciateur a effleuré sa tête baissée... Serait-elle digne ? Aurait-elle la force ? Maître... elle s'incline bien bas... pardonnez-leur... pardonnez à ces brutes, à ces inconscients, qui s'ébattent, qui se vautrent follement, qui osent comme s'ils y avaient droit, devant vous, prononcer avec cet air péremptoire des jugements... eux, pions, chiffres, unités anonymes de cette foule capable tout juste de défiler en silence dans les lieux saints remplis des reliques que vous leur avez données à vénérer, que vous avez offertes, imposées à leur piété, eux qui, oubliant leur place, sortant des rangs, se mettent devant vous à palabrer... Allons, silence. Qui s'intéresse à vos jugements ? Taisez-vous. Maître, nous voulons vous écouter. Elle se retient pour ne pas s'incliner bien bas jusqu'à sa main qui tapote la table impatiemment, jusqu'à son pied qu'avec agacement il balance... elle lève vers lui... nous ne sommes rien... de pauvres ignorants, nous errons dans la nuit, nous pataugeons, tirez-nous de là, je vous en supplie... elle tourne vers lui des yeux implorants... « Mais vous ne dites rien... Dites-nous... Qu'en pensez-vous ? »

Il souffle à travers ses narines d'un petit coup sec qui repousse les autres, les tient à distance... hn... hn... « Mais ma chère amie, vous me parlez comme si j'étais un oracle... Chaque mouvement de ses joues révèle le dédain, presque un léger dégoût... Je ne sais pas, moi... — Oh si, si, vous savez... Il a un sourire condescendant, il paraît apaisé, presque attendri... « Non, pourquoi ? Et puis, avec lenteur comme tiré malgré lui... Je crois que je serais plutôt de l'avis du docteur Legris... C'est un très beau livre, Les Fruits d'Or. Peut-être pas exactement par sa construction. J'y verrais, moi, quelques défauts. Ni même, comme Brulé le souligne, parce que ce livre est écrit dans une belle langue classique. On fabrique à l'heure actuelle de très beaux pastiches. C'est ce que font tant de débutants... Non... ce n'est pas cela. Je ne la trouve pas d'ailleurs si classique que ça. Au sens où l'on prend habituellement ce mot. Elle est touffue, baroque, lourde et même gauche, parfois. Les classiques, du reste, on l'oublie trop souvent, quand ils étaient des modernes, étaient eux aussi gauches, touffus. C'est une œuvre difficile. J'ai dû parfois m'y reprendre à plusieurs fois. Mais c'est précisément par son modernisme, moi, qu'elle me plaît. Elle reflète parfaitement l'esprit de notre temps. Et c'est cela, n'est-ce pas, je crois, qui distingue une œuvre d'art authentique... »

Elle voudrait demander grâce, pitié pour ses vieux muscles, pour ses vieux os. Elle avait eu un instant d'espoir, elle avait cru à un répit en le voyant assis à l'écart, avec cet air qu'il peut avoir, un air renfrogné, un peu agacé, méprisant, qui la force à s'avancer devant lui, comme fascinée, et à se pavaner devant lui, à s'exhiber, à oser, comment a-t-elle pu ?... elle en rougit maintenant... perdant la tête, lui révéler... « Oui, à vous je peux le dire, à vous, Lucien, qui êtes un vieil ami... Je sais que vous ne me trahirez pas, que vous ne me mépriserez pas... à vous je me confie... je l'avoue... ces Fruits d'Or dont on parle tant... eh bien, il n'y a rien à faire... je m'y suis reprise à dix fois... C'est rigide, c'est froid... On s'attend à mordre une pulpe juteuse et on se casse les dents sur du métal... » et il n'avait rien dit, il l'avait regardée, il y avait eu dans ses yeux, dans son sourire comme de la sympathie... entre eux, elle l'avait senti, elle en était sûre, une complicité, une intimité, un reflet chez lui — elle sait qu'elle l'amuse parfois, que ses bavardages à certains moments le distraient — de cette admiration qu'elle lui porte depuis toujours, il le voit bien, ce cher Lucien...

Et voilà qu'on l'a provoqué. Il a été tiré de sa retraite et obligé à jouer son rôle, à tenir son rang. A revêtir la robe rouge et l'hermine, à se couvrir de sa toque et à rendre, devant l'assistance qui se lève et attend en

55

silence, son jugement. Il ne se prononce pas à la légère. Chaque mot est pesé. La sentence est définitive : « Les Fruits d'Or, c'est un très beau livre. »

Allons, il faut se soumettre. C'est l'heure du renoncement, de l'austérité. Il faut s'arracher à tout ce qu'elle a aimé... à ces tiédeurs intimes où, repliée sur elle-même, elle se laissait couler toujours plus bas vers quelles moiteurs douceâtres, quelles fades, honteuses, délicieuses odeurs... Il faut oublier tout cela. Voilà. Toute droite et pure, elle s'avance.

Devant elle s'étend quelque chose de gris, de froid... cryptes, voûtes, sépulcres, musées où un jour blafard tombe sur les dalles, les colonnes brisées, les sarcophages de marbre, les statues aux poses hiératiques, aux yeux opaques, aux visages figés. Elle a envie de s'écarter, de s'enfuir, de retourner là-bas, vers les molles tiédeurs, avec les autres, ses proches, ses semblables, ils la tirent... Mais laissez-moi, elle se retourne, une fureur la saisit... lâchez-moi donc, ne vous accrochez pas à moi, partez, je n'ai plus rien de commun avec vous, vos visages échauffés, vos yeux d'affamés, les gestes indécents de vos mains qui se tendent pour palper, vos narines que les fades relents des pourritures gluantes dilatent, me font horreur. Ecartez-vous. J'entre. Me voilà. Seule. Pure. Dans le silence, dans le recueillement, à distance respectueuse, je contemple.

Et voilà que des mornes et grises étendues, des formes pétrifiées qui se dressent dans le jour blafard, quelque chose peu à peu se dégage... C'est comme un souffle tiède, une familière, intime, rassurante bouffée... quelque chose qu'elle reconnaît... elle l'a tant de fois respiré, aspiré... Cela montait vers elle des images de magazines, de revues de mode... des portraits des duchesses, des princesses, des reines... cela se dégageait de leurs visages fermés dont nul sentiment n'infléchit les lignes rigides, comme fixées pour l'éternité, de leurs yeux où jamais l'intelligence n'affleure en gouttelettes luisantes aux reflets graisseux, de leurs fronts hautains couronnés de diadèmes étincelants de rubis, d'émeraudes et de diamants... Une onde tiède la parcourt, une douce vibration, l'exquise titillation de l'humilité, de la dévotion, devant ces signes — infaillibles, elle ne s'y trompe jamais — de la distinction suprême, de la plus aristocratique élégance, apanage d'une haute naissance... Ranimée, tout excitée, radieuse, elle se tend... « Oh comme vous me faites plaisir. Comme vous avez raison... Un chef-d'œuvre. C'est bien vrai. J'avoue que moi-même, au début, j'ai eu du mal. On n'y entre pas d'un seul coup. Mais après, quelle récompense ! C'est admirable. Bien sûr, ceux qui y cherchent de la psychologie, du vécu, ceux qui veulent se reconnaître, ceux qui veulent toujours retrouver partout leurs propres sentiments, restent sur leur faim. Et c'est bien fait pour eux. Mais pour moi... Ah que ça fait du bien de savoir que vous aimez ce beau livre, mon cher Lucien. »

Les arguments d'autorité. Rien d'autre. Jamais aucun contact vrai, aucun sentiment spontané. Il fallait la voir — mais quelle malchance, quel supplice de l'avoir rencontrée — elle le suivait partout, dans les églises, dans les musées, n'osant se prononcer, s'approchant, gênée, toute tremblante, chuchotant... « Mais c'est, je crois, n'est-ce pas, une copie ? »

Une copie, il avait envie de lui crier cela... Une copie. Attention. Casse-cou. Ce n'est rien, Les Fruits d'Or. Un pastiche. Erreur. Vous le regretterez... et de la voir sursauter, faire, le dos aplati, un bond de côté et jeter autour d'elle des regards angoissés.

Mais pour une fois, elle est solidement installée. A une bonne place sûre d'où il sera difficile de la déloger. Mais comment se retenir de la pousser, de la bousculer un peu, allons, il y a place pour les autres ici, n'est-ce pas ?... pour moi aussi, voyez... allons, poussez-vous donc, je m'installe, je m'étire... il avance des lèvres gourmandes, ses mains impies se tendent... il n'y a pas d'objets sacrés pour lui... On peut voir de plus près, non ? Vous permettez ? On peut toucher ?... « Eh bien moi, en lisant ce petit bouquin, je me suis demandé — un vrai petit joyau, j'en conviens — je me suis demandé, mais bon sang, avec quoi c'est fait, en fin de compte, ce machin-là ? »

Il se renverse en arrière, il croise les mains sur son ventre. L'œil fixé devant lui, il contemple... aucune hâte, prenons notre temps... il aime y regarder de très près... Vieux connaisseur, vieil amateur... il n'aime pas s'en laisser conter... il sent sur lui leurs regards respectueux... « Comment vous dire ? Ah bien sûr, on n'y trouve pas de « profondeurs ». Pas de grouillements de larves, de pataugeages dans je ne sais quels fonds bourbeux qui dégagent des miasmes asphyxiants, dans je ne sais quelles vases putrides où l'on s'enlise. Non. Cela, dans Les Fruits d'Or, on ne le trouve pas. Mais ce qu'on y trouve, c'est ce qui fait les grands romans. Tout l'art, je crois, pour un romancier, consiste en cela, de s'élever au-dessus de ces grouillements nauséabonds, au-dessus de ces décompositions, de ces « processus obscurs », comme on les nomme... si tant est qu'ils existent, ce dont je ne suis pas sûr... Pour être franc, je n'y crois pas... mais enfin, admettons-le... eh bien, l'art justement consiste à assécher tout cela, à en faire une terre solide, dure, sur laquelle on puisse construire, créer une œuvre. Un grand roman, pour moi, c'est comme Saint-Pétersbourg bâtie sur des marais, comme Venise gagnée, au prix de quels efforts, sur les eaux troubles de la lagune.

Il ferme les yeux, se tait... Nobles villes aux dômes étincelants, aux places harmonieuses, aux spacieuses demeures, sveltes colonnes, palais peints de délicates couleurs, ruelles paisibles pavées de douces vieilles pierres... là il s'est toujours promené, là depuis sa naissance, il a toujours vécu, c'est là que s'est écoulée sa vie... la vraie vie... Un nouveau monument s'élève, en parfaite harmonie... une demeure à son goût, à sa mesure, à la mesure de l'homme... il s'y sent chez lui... Il ouvre les yeux et regarde le cercle des visages attentifs... Il se penche vers elle... « Les Fruits d'Or, ma chère amie... je pense que notre bon maître, ici, sera de mon avis... c'est une œuvre d'art pourquoi ? D'abord parce qu'elle est vraie. Tout y est d'une extraordinaire jus-

tesse. Plus réel que la vie. Organisé. Ordonné.
Savamment construit. D'admirables proportions... Un style souple, puissant qui soutient,
comme ces colonnes, filles des nombres d'or,
chantées par Valéry, les grands, les vrais sentiments... ceux de tous les hommes normaux,
sains, pas ceux de quelques névrosés, de
quelques fous, non, les grands sentiments
éternels, les miens, les vôtres, ma chère
amie... Je n'en veux pour exemple que cette
scène étonnante, et je choisis presque au
hasard, il y en a d'autres... elle n'a pour moi
d'égale que celle dans le salon des Rênal,
entre Madame de Rênal et Julien... C'est la
même force, la même concision... cette élégance, ce galbe si pur... en quelques mots tout
est dit... On assiste à la naissance de l'amour...
Vous vous souvenez... cette scène sur la terrasse, au bord du lac, à Mouchy, quand
Estelle frissonne et Robert ou Gilbert... je
ne m'en souviens plus... Oui, c'est ça, Gilbert
se lève sans un mot et va lui chercher son
châle. Et par ce simple geste, mais il faut voir
comment cela est écrit, tout est dit. Des
pages de nos pataugeurs, de tous ces cou-

peurs de cheveux en quatre n'auraient jamais réussi à faire passer tout cela... avec rien... du silence... des impondérables... des nuances, des diaprures... les plus fines irisations rendues par le rapport subtil des mots... Il n'y a aucune analyse. C'est fait avec rien. Et le lecteur sent tout, comprend. Ah voyez-vous, ce sont des moments comme ceux-là, ces instants de vérité qui font les grands livres.

C'est là. Ce qu'elles cherchent toujours, fouillant avidement dans tout ce qui passe à leur portée, dans tout ce qui leur est offert, préparé pour elles spécialement... films, romans, biographies, mémoires, confidences de leurs petites sœurs souffrantes, compatissantes, conseils, exemples de leurs grandes sœurs plus heureuses et fortes, triomphantes... bribes qu'elles arrachent et emportent pour les examiner à l'écart, craintives, un peu honteuses, jamais très sûres...

Mais cette fois... elles tendent le cou, une convoitise sournoise luit dans leurs yeux...

plus de doutes, de craintes... tout ici est garanti de premier choix, recherché par les plus délicats, elles peuvent tout prendre, encouragées par tous, admirées pour leur bon goût, tout ce qui leur convient.

Un grand lac aux rives vaporeuses empanachées de cimes d'arbres de Fragonard, de Watteau. Fines vagues miroitantes sous la lune. Clapotis de l'eau contre les marches de marbre. Sur la terrasse, devant la basse balustrade antique, les formes sombres de gens assis, d'un homme debout qui se penche et déploie au-dessus d'une mince nuque surmontée de cheveux relevés en casque, au-dessus de frêles épaules nues, un châle de laine blanche bordé de pompons. La tête à la haute coiffure se renverse légèrement en arrière, le cou s'incurve, les épaules se soulèvent en un mouvement que trace, que gonfle et tend l'acquiescement, une soumission tendre, la reconnaissance, l'abandon...
Un choc la fait sursauter, une douleur la

déchire. Qu'a-t-elle touché là ? Qu'a-t-elle saisi imprudemment ? Ce mouvement du bras qui étale le manteau plié le long du dossier de la voiture, le long des replis de la capote baissée, derrière les minces épaules qui se soulèvent... la tête s'incline en arrière, la nuque s'abandonne contre les plis moelleux... La tendresse, l'acquiescement silencieux gonflent ce mouvement, il vibre, porteur de serments, de pactes secrets conclus entre eux sournoisement, là, en sa présence, sous ses yeux...

Ce geste, comme un fil électrique jusqu'ici toujours bien isolé, débranché, parfaitement inoffensif, qu'elle a maintes fois manipulé sans le moindre sentiment de danger, ce geste, comme un fil électrique soudain dénudé, branché sur un générateur puissant, la secoue, la brûle... Le cerveau parfait d'un dieu omniscient a choisi, entre tous les gestes possibles, ce geste — le meilleur conducteur pour porter, pour transmettre ce qui avec une force irrésistible la traverse de part en part et la foudroie : la naissance de l'amour.

L'angoisse de la mort lui brouille la vue, elle se débat faiblement. « Mais ce n'est pas vrai. Moi je ne crois pas... » Qu'on l'aide, elle meurt, sa vie s'en va, qu'on vienne à son secours... « Je vous le demande, dites-moi quelle vérité profonde vous voyez là... » Elle rassemble toutes ses forces, elle crie... « C'est faux. Moi je vous le dis. Archifaux. C'est ça, la fausse vérité des romans. Ce geste de mettre un châle sur les épaules d'une femme qui a froid, ça peut signifier mille choses... ou rien. Une simple gentillesse, sans plus... Pierre, tenez, mon mari, mais c'est quelque chose qu'il fait tout naturellement, pour n'importe qui, il se montre si attentif pour tout le monde, il est si gentil... Mais les romanciers choisissent n'importe quoi... au petit bonheur... Un geste qu'ils ont remarqué, qui pouvait signifier n'importe quoi, ils le prennent et ils se disent : Tiens, ça fera bien, voilà ce qu'il me faut, ça ira là... un geste quelconque, qu'ils ont retenu... il va signifier la naissance du grand amour. Et voilà. Ça y est. On y croit. Dur comme fer. Le prestige de l'écriture... Le ton assuré de l'écrivain... On est obnubilé... On pense que lui, il sait. Et on dit : mais comme c'est vrai. Et on le retrouve dans la vie... Bien sûr qu'on l'y retrouve, puisqu'on l'y a mis... Puisqu'on voit la vie à travers les romans... Il y a des gens marqués pour toujours par ces vérités-là. Moi, tenez, je connaissais une pauvre fille... Figurez-vous... parce qu'elle avait vu dans « Une Vie » de Maupassant... »

Comment ose-t-elle ? Elle perd la tête... Elle si timide, toujours silencieuse, quelle mouche l'a piquée ? Qu'est-ce qui lui prend ?... « Ma chère enfant, c'est très touchant, la voix sèche claque, le petit rire glacé cingle, ces gens dont vous parlez, qui voient leur propre vie à travers les romans. Mais c'est leur faute à eux. Pas celle du romancier. Lui justement, et c'est pour ça, vous m'avez mal compris, que j'ai dit que ce geste était d'une étonnante vérité — lui, le romancier, s'il est un vrai romancier, intègre chaque mouvement à un ensemble d'une grande complexité qui lui donne tout son sens. Un mouvement séparé de cet ensemble, en soi ne signifie rien, c'est évident. Rien, dans une œuvre d'art, excusez-moi d'assener cette vérité, rien ne peut être isolé. C'est un tout cohérent : chaque parcelle est commandée par toutes les autres et les commande. Ceux qui lisent les romans comme cette pauvre fille dont vous parlez n'ont que ce qu'ils méritent. Ils n'ont pas la moindre notion de ce que c'est qu'une œuvre d'art. Pas le plus léger soupçon...

Mais il est trop tard, rien maintenant ne peut les retenir, elles sont lancées. Le barrage fragile est enfoncé, elles s'engouffrent, se poussent, elles se bousculent, elles fouillent... Comme aux soldes des grandes maisons de couture, elles tirent à elles, elles sortent et essaient... est-ce à leur taille ? en se serrant un peu... cette nouvelle coupe un peu étrange, déconcertante... mais il faut s'y faire, elles s'y feront... Vous avez vu ? — Si, si, relisez-le, je vous assure... — Moi aussi ça m'a surprise... la jeune femme, l'héroïne, Estelle, elle a de grosses jambes. — Mais où ? Je ne me souviens pas... — Si, si, c'est vrai, rappelez-vous, quand ils sont en bateau, juste après cette scène sur la terrasse... c'est dit en toutes lettres : « Il regardait ses jambes lourdes, aux chevilles épaisses... » Leurs regards songeurs parcourent des salles de musée, des temples antiques, grimpent sur l'Acropole, palpent les contours des Vénus, des Dianes chasseresses, des cariatides, fuient vers les pistes où s'avancent avec une « grâce royale », sur leurs fines chevilles frémissantes les chevaux de course... Elles hochent la tête, soucieuses, elles hésitent... elles la secouent d'un mouvement brusque... « Marcel a raison... Ce qui est bon dans un roman... »

Qu'elles s'écartent. Qu'on disperse ce troupeau hébété. Et qu'on m'amène le coupable. Lui, là-bas, oui vous. Vous êtes arrêté. Qu'on lui passe les menottes. Tendez vos poignets. Il y a longtemps que je vous observe, que j'entasse contre vous les pièces à conviction. Cette fois je vous tiens. Vous êtes pris sur le fait. Parlons un peu là entre nous de ce geste qui, selon vous, peint avec quelle exquise simplicité les grands sentiments. Ce geste avec le châle, qui, avec quel art, « dit tout » mieux qu'un livre entier. Vous leur avez offert cela. Vous leur avez fait absorber cette drogue empoisonnée. J'ai admiré votre assurance, votre audace. Vous êtes si sûr de l'impunité, vous ne ratez jamais votre coup. Mais voilà — on ne peut pas tout prévoir, n'est-ce pas ? — voilà l'obstacle, l'imprévisible accident. Une des victimes... j'admire sa force, quel puissant tempérament... tel Raspoutine elle résiste miraculeusement, sur elle la drogue mortelle n'agit pas... Elle se dresse, elle crie : Qu'est-ce que c'est ? Que m'avez-vous fait absorber là ? Qu'est-ce que ça contient ? Mais c'est nocif, c'est dangereux... une fausse vé-rité... c'est quelque chose qui ne signifie rien, qui peut signifier n'importe quoi... elle le rejette, elle n'en veut pas. Alors vous cher-chez à vous y prendre autrement, vous sortez votre attirail de soporifiques et de bâillons : Bien sûr, ce geste en lui-même n'est rien, seulement il y a l'ensemble d'une si grande complexité, il y a la construction. C'est tout cela qui donne à ce geste sa signification, tous ces prolongements, ces résonances... Ah, c'est qu'une œuvre d'art... Votre regard en pareil cas se fait vague, rêveur, on vous voit vous éloignant vers quelles régions inconnues, quelles mystérieuses, étranges contrées... Et elles, comme hallucinées, et tous drogués par vous, soulevés... Mais où, je vous le demande, je veux le savoir, où les attirez-vous ? Quels ineffables prolongements, quels poétiques rayonnements pourront-ils voir autour de cela, de cette pacotille fabriquée en série, de ce vulgaire article de bazar ? Montrez-les-moi. Si vous avez réussi à découvrir une seule parcelle de quelque chose d'intact, qui vibre, qui vit, c'est de cela qu'il fallait parler, c'est cela qu'il fallait leur montrer et pas cette camelote — vous auriez dû la cacher. Aucune « construction » ne peut la sauver : un bloc de ciment grossier ne peut s'intégrer, sans le déparer, à un édifice en belle pierre de taille. Mais je sais ce que vous allez répondre. Je vous connais. Je vous l'ai dit : cette fois je vous tiens. Il y a des choses, n'est-ce pas ?...

vous allez affirmer cela... il y a toutes ces choses — je devrais le savoir, pauvre brute que je suis — que les mots ne peuvent exprimer... des impondérables, des diaprures, des irisations... Mais là vous ne m'échapperez pas. Vous-même l'avez dit, vous l'avez affirmé : sans les mots, il n'y a rien. Les mots, c'est la sensation même qui surgit, qui se met en mouvement. Vous allez même plus loin, ne le niez pas, je vous ai entendu : le mot crée — et vous avez raison, cela peut arriver parfois — le mot peut à son tour susciter chez l'écrivain la sensation. Alors, où étaient-ils, ces mots ? Où ? A quel endroit ? Montrez-les-moi. Montrez-moi ces rapports subtils de mots, qui exprimaient ces ineffables sentiments. Où ? Comment ? Mais cela ne peut plus durer, vous m'entendez. Il faut vous empêcher de nuire. Vous êtes le mensonge, vous êtes le mal. Il faut vous extirper, je vais vous saisir à la gorge, vous soulever, je vais prendre tout le monde à témoin, hurler...

Mais comme dans les cauchemars, il n'entend sortir de sa gorge aucun son. Il veut courir vers l'autre, l'empoigner, mais il sent qu'il ne bouge pas. Ses cris muets, ses gestes qu'il tente vainement de projeter au-dehors, telles des particules invisibles lancées contre un corps dur, contre l'autre, dressé là, devant lui, rebondissent, retombent sur lui, s'enfoncent en lui, l'emplissent, il a mal... il se tourne, il s'incline sur sa droite, il se penche, il entend enfin sa propre voix — un mince filet qui sort difficilement, un susurrement... « Moi je dois dire que ce geste, ce geste avec le châle... il me semble qu'un geste aussi banal... »

Mais il était gardé à vue. Il est suspect... Qu'est-il encore en train de manigancer ? Que trame-t-il encore là-bas, avec cet air de conspirateur, penché vers sa voisine, que lui chuchote-t-il à l'oreille ? Une voix sévère l'interpelle de l'autre bout de la table : « Qu'est-ce que vous racontez, là-bas ? Dites-le-nous donc. Nous sommes curieux. Qu'est-ce que vous avez encore déniché dans ce livre où tout est admirable ? Qu'est-ce que vous n'aimez pas ? »

Toutes les têtes se tournent vers lui, il sent, appuyés sur lui, leurs regards, il fait quelques faibles mouvements pour se dégager... « Mais rien... Je ne mets pas en doute la valeur des Fruits d'Or. C'est un très beau livre, j'en conviens. Je voulais dire seulement que ce geste, justement, ce n'est peut-être pas... ce que moi j'aurais choisi... pour illustrer... ce geste, il me semble, plutôt, dépare... Il y a ailleurs... »

Les forces de l'ordre, alertées, interviennent aussitôt... Une main se pose sur lui... « Ah non, Henri, n'essayez pas de séparer... Marcel a tout à fait raison : une œuvre d'art, cela forme un tout. Et ce geste, tel qu'il est décrit dans ce livre, pris dans son contexte, a une telle épaisseur. Il est parfait. »

Maintenant ils sont sur le qui-vive. Il n'est pas le seul. Il y en a d'autres qui se cachent, des récalcitrants sournois, des velléitaires... On inspecte, on fouille... celui-là, là-bas, chez celui-là, depuis quelque temps ils le sentaient, de celui-là qui se taisait quelque chose se dégageait, ils en étaient, eux qui se trouvaient près de lui, de plus en plus incommodés, leurs mouvements, comme si l'air autour d'eux était devenu plus épais, étaient embarrassés, ralentis... c'est de là que cela provenait, ils en sont sûrs maintenant : de ces émanations invisibles qui filtraient comme un gaz lourd de son silence.

Un œil jaune d'oiseau de proie fixe sur lui son regard, un long visage jaune, émacié, à la mince chevelure plate lissée en arrière, aux tempes creusées, une face de grand inquisiteur se plisse en une grimace méprisante : « Et vous, Jean Laborit, vous vous taisez... Jean Laborit nous écoute et ne dit rien. Mais croyez-moi, il n'en pense pas moins. Ah, sûrement, Jean Laborit n'aime pas du tout Les Fruits d'Or. J'en suis certain, je suis prêt à le parier. »

Une présomption terrible pèse sur lui. Son casier judiciaire porte une grave condamnation. Ils sont en train, il le sait, de rouvrir son dossier. Dans un instant ils vont découvrir, ils vont voir surgir, arraché à l'oubli, étalé sous leurs yeux... Voilà... ils le voient, je l'ai, je le tiens, c'est cela... le visage impassible, l'œil immobile, comme à un jeu de furet sournois, ils se passent cela en silence... Je vous le tends... Vous l'avez saisi ? Vous le tenez ? Entre eux un courant invisible circule, de sympathie, de solidarité, de délicieuse complicité... Oui, n'est-ce pas, c'est bien cela ? Vous êtes de mon avis ? Moi, figurez-vous, je l'avais oublié, je n'y pensais plus, et voilà que cela me revient... c'est de là, sûrement, vous le sentez aussi, c'est de là que tout provient... Oui, impossible malheureusement d'en douter... c'est cela le corps du délit... ce petit livre, oui, cette plaquette, il me l'avait envoyée... vous l'avez sûrement reçue aussi... Vous la voyez ?... Je la vois... ce petit livre à couverture gris clair, chez cet éditeur... Quel éditeur ?... Moi non plus, je ne m'en souviens pas... Peu importe, il est inconnu, il a depuis longtemps disparu... il publiait à compte d'auteur... C'était un compte d'auteur ?... Bien sûr, en doutiez-vous ? Mais l'éditeur, malgré cela, vous le saviez ?... Oui, je le sais, il a tout mis au pilon, il a revendu toute l'édition au prix du papier... Mon exemplaire à moi, la dédicace arrachée, gît quelque part dans la poussière chez un bouquiniste, sur les quais... Aucun écho nulle part, pas le moindre intérêt... Une note pourtant, il me semble... Non, rien : c'était une réclame d'éditeur... Autour de lui, leurs paroles muettes circulent. Son ouïe aiguë, aiguisée depuis longtemps, les perçoit comme un bruissement imperceptible, un froissement de pages légères que leurs doigts soulèvent très doucement... Mais qu'y avait-il au juste dans ce livre ? Vous vous en souvenez ? Qu'est-ce que c'était ?...

Non, rien, ce n'était rien, ne cherchez pas, je vous en supplie, ne touchez pas, ôtez vos mains, il essaie de les écarter doucement, gentiment, de les apaiser... « Non, je ne sais pas... je ne disais rien parce que j'écoutais... Ça m'intéresse beaucoup... je ne sais pas pourquoi vous dites ça... Moi, au contraire, Les Fruits d'Or... » Qu'ils se rassurent, ils se sont trompés, il n'y a rien, rien là qui puisse les intéresser, aucune pièce à conviction, aucun corps du délit... que vont-ils imaginer ?

Il n'y a rien en lui, tout est depuis longtemps nettoyé, lavé, désinfecté, pas une trace ne reste nulle part, pas une parcelle d'où quelque chose ait pu filtrer qui ait pu les incommoder, aucune louche émanation, aucune rancune sournoise, aucune basse envie, aucune ridicule comparaison... mais comparer à quoi, je vous le demande, puisqu'il n'y a plus rien, il peut les en assurer, il n'a jamais recommencé, qu'ils le sachent, il s'est amendé, bonne conduite, plus jamais aucun méfait, pas le moindre écart, il n'y songe même pas, il est complètement désintéressé, pur, très pur, comme vidé de lui-même — un réceptacle vide que remplira entièrement ce qu'ils vont y déposer, une souple enveloppe qui pourra épouser exactement, sans les déformer, les contours de cet objet en tous points admirable... « Les Fruits d'Or... Je me réjouis de le lire... Je n'en ai lu que des fragments... Mais il faut absolument... Je suis sûr que je l'aimerai. »

Le calme, le détachement qui passent dans les intonations de sa voix ne peuvent pas tromper. Ils se détournent de lui, apaisés, ils l'abandonnent...

Et lui, maintenant, loin d'eux, dans cette solitude où personne n'ira plus le chercher, lui, retiré loin des parades, des fastes et des combats du monde, vêtu de bure, portant le cilice, sort de leurs cachettes les statues des divinités, ramasse les saintes images arrachées, rallume la veilleuse qu'il avait lui-même éteinte et s'agenouille, les yeux fixés sur la petite flamme vacillante.

« Les Fruits d'Or, c'est le meilleur livre qu'on a écrit depuis quinze ans. »

Le visage est placide, le regard est posé sur quelque chose au loin. Le ton est celui de quelqu'un qui atteste un fait, énonce une vérité.

La vérité invincible s'avance, écrasant tout sur son passage : « Les Fruits d'Or, c'est le meilleur livre qu'on a écrit depuis quinze ans. »

Cette fois, ce ne sont pas les humbles, les

misérables velléitaires qui sont visés, comme celui-là, là-bas, encore tout tremblant, qui, au premier signe menaçant, a fait soumission, jetant bas ses armes, mais les forts, mais les fiers, les puissants, mais ceux qui, il y a encore un instant hors d'atteinte, trônaient, bien installés dans la sécurité, au-dessus de toutes les comparaisons, distribuant avec bienveillance les encouragements, les louanges... C'est moi, moi qui suis touché, jeté à terre, moi que cette brute servile encore tout récemment encensait, moi devant qui elle se prosternait... « Vous êtes le plus grand, le plus fort... Votre dernier roman, quelle perfection... Vous surpassant vous-même... Votre meilleur... »

Comment, au cours de quelle nuit, tandis qu'il dormait paisiblement, s'est opérée la prise du pouvoir ? Quand le traître est-il passé du côté de l'usurpateur ? Il est dépouillé, déchu, replacé dans le rang, menacé de mort, la sueur perle sur son front, ses jambes mollissent, il se sent pâlir, il défaille... Mais ne rien laisser paraître surtout, ne pas attirer sur soi l'attention, il faut à tout prix

80

se ressaisir, demeurer impassible. Tête haute. Visage fermé. Œil vide. Pas un frémissement. Sinon, s'ils voient, ceux qui assistent, pétrifiés, à ce qui est en train de se passer, s'ils perçoivent le plus léger mouvement de désarroi, de souffrance, de honte, ils vont, eux à qui la plus faible vibration aussitôt se communique, en qui elle s'amplifie en ondes toujours élargies, ils vont se mettre à s'agiter, ils vont chercher à s'interposer maladroitement, crier grâce pour eux, pour lui, pitié... « Oh, là je crois que vous exagérez. Moi je trouve qu'il y a eu d'autres beaux livres... Je sais bien que les personnes présentes sont exclues, mais tout de même, il ne faut pas l'oublier, il y a ceux de Robert Hunier... » et ainsi précipiter sa perte.

Devant ce qui se passerait alors tout en lui se rétracte, se recroqueville, l'horreur hérisse chaque grain de sa peau. Alertés par ces appels, tournant vers lui leurs regards, percevant ses frémissements, avec quelle fureur joyeuse se jetteraient sur lui les sbires de l'usurpateur... D'autres, affriolés par ses gigotements pitoyables, viendraient les

81

aider, on achève toujours les blessés, c'est la règle ici, il n'y a pas de pitié : « Eh bien, il faut l'avouer, j'aime beaucoup les livres de Robert Hunier, ou de Jean Dunand, bien sûr... mais il faut que je l'avoue... Les Fruits d'Or, vraiment, c'est un pur chef-d'œuvre... Cela vivra dans trois cents ans... Non, vraiment, Les Fruits d'Or, c'est quelque chose de tout à fait à part. Une sorte de miracle. »

Nous le menu peuple, nous les braves gens qui nous trouvons là par hasard, trop tard pour fuir, nous ne devons ni regarder ni détourner les yeux. Nous devons être aveugles, sourds, totalement inertes, durs, figés, des objets disposés là, des poupées bourrées de son avec des visages de porcelaine et des boules de verre à la place des yeux. Un seul mouvement, la plus faible palpitation et, comme lorsque le charme étant rompu s'éveille la Belle au Bois dormant, tout autour de nous s'animerait, un spectacle insoutenable se déroulerait sous nos yeux. Nous verrions des chefs respectés, leurs galons, leurs décorations arrachés, leur épée brisée, passer sur le front des troupes, le visage à peine un peu trop pâle, l'air insensible et comme absent, tandis que dans l'immense silence claquerait encore chaque mot de la sentence : « Les Fruits d'Or, c'est le meilleur livre qu'on a écrit depuis quinze ans. »

Mais elle n'est pas lâche comme eux. Elle ne veut pas comme eux faire semblant d'être rassurée par cet air innocent, cet air inconscient qu'il prend, comme s'il se parlait à lui-même, oubliait tout ce qui l'entoure, ne songeait à vexer personne, se gardait de faire aucune comparaison, se bornait tout bonnement, en toute candeur, en toute pureté et simplicité à constater — il le faut bien — que quelque chose est là, qui s'impose au regard, quelque chose qu'on ne peut éviter, à quoi on ne peut passer outre, devant quoi chacun — qu'il le veuille ou non — doit s'incliner, ce fait indiscutable, cette vérité : Les Fruits d'Or, c'est le meilleur livre qu'on a écrit depuis quinze ans.

C'est presque une joie pour elle, une sorte de jouissance douceâtre de le connaître si bien, de voir comme protégé par sa carapace, son visage sur lequel rien d'autre ne peut être décelé que la plus placide impartialité, la plus parfaite indifférence, il les épie, se réjouissant de l'efficacité de ses coups que personne ne peut prévoir, que personne ne sait parer, ravi d'observer ses victimes, surprises par la rapidité, la brutalité de l'attaque, flageoler, s'efforcer misérablement de rester debout, réprimer leurs contorsions de douleur, retenir leurs gémissements, — et le désarroi des assistants. Cela l'amuse, elle le sait, de voir sans être vu — il se croit si bien à l'abri des regards — ceux qui, il y a encore un instant si calmes, si sûrs d'eux, se prélassaient, souriaient au spectacle comique des faibles traqués dans leurs recoins, cela l'amuse de les voir se débattant piteusement, pris à leur tour. S'ils luttent, les pauvrets, s'ils essaient de se dégager, ils ne feront que s'engluer un peu plus, il n'y a rien à faire, ils sont perdus.

Mais elle ne les abandonnera pas comme font tous ces pleutres. Elle ne fera pas semblant de ne rien voir. Elle regarde, elle se penche sur la victime terrassée, très bas, tout près, elle ne craint pas que jaillisse vers elle et l'asperge quelque chose de nauséabond, de répugnant. Intrépide, soulevée par une généreuse indignation, au mépris de tous les dangers, prête à tous les sacrifices, elle, si faible, les mains vides, elle se jette sur l'agresseur, elle s'offre, elle est prête à détourner sur elle ses coups, elle veut lui arracher son arme : « Eh bien... sa voix tremble un peu... eh bien, vous pouvez dire ce que vous voulez, mais moi, Les Fruits d'Or, je n'aime pas ça. Je trouve ça assommant. C'est obscur, c'est abscons. Il y a des endroits où il m'a fallu m'y reprendre à trois fois... Elle sent passer chez les pauvres captifs ligotés un tressaillement à peine perceptible de reconnaissance, de joie, et comme un craintif espoir... J'ai dû m'y reprendre à trois fois, et je ne suis pas la seule... Barrat qui est pourtant si sensible, si intelligent, bien plus intelligent que moi, m'a avoué qu'il n'y voyait rien. C'est peut-être génial, mais enfin... Moi j'aimerais bien que quelqu'un me le prouve, le livre en main. »

Le livre en main. Qu'on leur montre. C'est tout ce qu'ils demandent. Elle a su, avec une force, un courage qu'ils admirent, exprimer dans ces seuls mots toutes leurs modestes revendications. Qu'on leur explique, le livre en main. Que quelqu'un maintenant se lève, aille prendre sur un des rayons de la bibliothèque ce livre, Les Fruits d'Or, et qu'on l'ouvre, ici, devant tous, au grand jour, à une page, n'importe laquelle, et qu'on leur fasse voir, qu'on leur fasse part... Des explications de texte, comme en classe ? Vous en êtes là ? C'est cela qu'il vous faut ? Oui, c'est cela qu'il leur faut, ils en sont là. Ils consentent à redevenir des petits enfants. Ils sont si démunis, si humbles... Même cette substance insipide, inodore qu'en classe avec tant de répugnance ils absorbaient, ils sont prêts aujourd'hui à s'en contenter, ils en demandent... Bien sûr, ils le savent, ces choses-là ne s'expliquent pas, on ne peut pas rendre compte de cela, de la poésie, des choses tues, des grands mystères, des profondeurs et des pénombres où les autres, les privilégiés, les nantis, perçoivent les pulsations de la vie... ils savent qu'il leur faudra se contenter de schémas arides, de mots qui sont à ce que les autres voient, ce qu'est un nom inscrit sur une flèche indicatrice au pays qu'il désigne et qui se déploie dans le lointain avec ses maisons, ses rues, ses ponts sur la rivière, ses clochers et ses jardins. Mais ils se contenteront des seuls poteaux, pancartes, bornes, flèches, n'importe quoi sera bon pourvu qu'ils puissent se guider, eux qui ne voient rien.

Juste quelques mots d'explication, des mots bien faibles, inadéquats, des mots sans charme, tout secs et gris, des instruments grossiers, mais qui peuvent parfois, maniés par des gens modestes et délicats, charitables, qui se sentent tout proches des humbles et aiment distribuer aux plus démunis des bribes de leurs biens, ils peuvent parfois, ces mots, en la simplifiant beaucoup, en l'appauvrissant énormément, parvenir à donner une certaine idée... les choses les plus savantes, les plus complexes peuvent ainsi, parfois, grâce à un peu de bonne volonté, être expliquées... et pour eux, si seulement on voulait bien... on pourrait... il faudrait juste essayer, ouvrir ce livre, Les Fruits d'Or, là, n'importe où, au hasard...

Qu'on ait pitié d'eux, ils sont si timorés, ils n'osent pas prendre de libertés, ils ne savent pas, se servant d'un seul point d'appui, si minuscule et fragile soit-il, avec force, avec grâce s'envoler... Ils ont tant besoin d'être maintenus solidement, ils ont si peur... Ils veulent sentir quelque chose de stable sous leurs pieds... marcher avec les autres, engagés dans la bonne direction... Ils aiment tant être guidés, assurés que leur esprit tenu en laisse sera conduit sur des chemins bien tracés... Ils sont si honnêtes et pleins de bonne volonté, souples, modelables à souhait... mais il leur faut absolument un moule bien construit où ils puissent se couler. Il faut absolument qu'ils trouvent quelque chose de solide à quoi s'accrocher, autour de quoi s'enrouler, sinon leurs faibles vrilles pendent toutes molles, elles vont se recroqueviller, se dessé- cher, s'atrophier... Elles se tendent... qu'on leur donne... juste un petit bout, n'importe quoi, pour s'agripper... bien sûr, pas le trésor entier que les forts ont su trouver, non, juste une parcelle, mais dure, solide... Qu'on ait pitié... ils crient... Qu'on mette fin à ce sup- plice de se tendre ainsi de toutes ses forces pour essayer de saisir quelque chose... et ne rien trouver. Qu'on ait pour eux un peu de bonté... juste un seul geste généreux... Qu'on leur montre, qu'on leur explique, le livre en main...

Peut-être alors, mais ils osent à peine y croire, peut-être alors le miracle qu'ils n'osaient pas espérer se produirait. Ils regar- deraient... Ce n'est donc que cela... Ils se mettraient à rire aux éclats, à bondir, à se rouler par terre d'excitation, débordant de forces retrouvées, de confiance en eux-mêmes, de joie... C'était donc cela... Mais cela, ils l'avaient entrevu, saisi, eux aussi, et puis ils l'avaient rejeté, c'était si flou, si inconsistant, si faible et mou, cela se défaisait dès qu'ils cherchaient à l'enserrer, cela s'écrasait dans leur puissante étreinte — ils sont si forts. Ils sont si gâtés, pas démunis du tout, pas eux, il y a erreur, on a confondu, ce sont les autres qui sont humbles, indigents, affamés, qui se contentent — ah, ils ne sont pas gâtés — de ces fades bouillies pour édentés. Ils auraient si honte pour ces misérables, ils se sentiraient si gênés qu'ils feraient comme les grandes personnes quand des enfants leur tendent dans leur menotte un caillou, une brindille, un morceau de papier, en disant : Tiens, voilà une orange, voilà du pain, mange, c'est un bonbon... ils feraient claquer leurs lèvres, ils rouleraient les yeux, ils dodelineraient la tête pour montrer leur délectation : « Oh que c'est donc bon. Oh que c'est beau, Les Fruits d'Or. Oui, vous avez raison. Comme c'est admirable. Comme c'est profond. »

Mais c'est passé, effacé — un bref sursaut, aussitôt réprimé. Rien n'a affleuré au-dehors, qui eût pu permettre de déceler une complicité, même timide et sournoise, avec cette folle, cette tête brûlée.

Mais ceux-là, maintenant, que vont-ils faire ? Des regards anxieux se tournent vers eux. Que vont faire ces deux-là qui se tiennent à l'écart et se taisent, assis l'un en face de l'autre, avec sur leur visage un même air d'ennui et de répulsion ? L'un maigre, osseux, tordu, est pareil à un arbre rabougri que dessèche et plie le vent du large. Ses longues jambes s'enroulent l'une autour de l'autre, ses genoux pointent. Chacun sait — et lui-même le sait sûrement aussi, comment ne le saurait-il pas ? — que c'est l'esprit qui souffle en ouragan à travers lui, qui l'a tordu et noué ainsi, gonflé les articulations de ses longs doigts durs, de ses coudes, aspiré la peau de ses tempes, celle de ses joues, fait saillir ses pommettes osseuses et sa pomme d'Adam. L'esprit allume dans ses yeux des lueurs fié-vreuses de feu follet. Il ne jette pas un regard à la pauvre écervelée. On dirait qu'il n'a pas entendu son appel. C'est sur l'autre, qui lui fait face, que par-dessus leurs têtes à tous il fixe les yeux. L'autre, gros et lourd, tout lisse, tendu, comme plein à craquer de quelque chose de rare et de précieux, de quelque chose qu'il porte avec précaution et préserve des contacts salissants, qu'il délivre, s'entrouvrant à regret, seulement à quelques élus, mais cela filtre malgré lui de son sourire de divinité hindoue, de ses paupières mi-closes qui s'ouvrent maintenant toutes grandes sous le regard brûlant. Leurs yeux s'interrogent : Alors, qu'est-ce qu'on fait ? On ne peut pas laisser passer cela, vous êtes de mon avis ? — Bien entendu. Tant d'irrespect, tant de bêtise doivent être punis. — Moi, je veux bien le faire... — Parfait. Je vous laisse ce plaisir. Allez-y.

Les lèvres toujours tirées par un sourire plein de mystère bougent à peine : « Je pense... et sûrement, vous, n'est-ce pas, en tout cas, mon cher, vous serez de mon avis... Pour moi, ce qui fait la prodigieuse — le mot n'est pas trop fort — la prodigieuse beauté de ce livre — et c'est pourquoi aucun passage ne peut en être isolé — c'est qu'il constitue une expérience, à ma connaissance unique. La voix nasille et se traîne comme s'il la tirait, tandis qu'elle résiste, pleine de répulsion, à travers un orifice étroit... Ce livre, je crois, installe dans la littérature un langage privilégié qui parvient à cerner une correspondance qui est sa structure même. C'est une très neuve et parfaite appropriation de signes rythmiques qui transcendent par leur tension ce qu'il y a dans toute sémantique d'inessentiel. Ce caractère inessentiel que vous avez si bien décrit, mon cher ami. » L'autre, en face de lui, a une brève contorsion, comme traversé par une soudaine et courte bourrasque, et aussitôt s'apaise et incline la tête lentement : « Oui. Evidemment. Il y a là un envol qui abolit l'invisible en le fondant dans l'équivoque du signifié. »

— Nous sommes bien d'accord. Ainsi une dimension intemporelle se trouve ici dissoute dans le devenir d'une thématique. Par là, cette œuvre est jusque dans ses couches les plus structurées un poème.

— Bien plus : je dirai que c'est en appréhendant simultanément l'inexprimé en des modes différents que cette œuvre échappe à la pétrification du structuré. Par là, elle se déploie — et de quelle façon ! — et, littéralement, nous comble. »

Ceux qui avaient eu pendant un bref instant l'espoir de se fixer dans les pays riants qu'ils avaient entrevus, reprennent leur marche, morne troupe captive traînant ses chaînes, chassée vers quelles immensités marécageuses, quelles étendues sans fin de toundras glacées.

Mais pas moi, ni moi, ni moi, ni moi, vif, batifolant, je m'échappe, moi, ici je m'accroche, j'agrippe n'importe quoi, je ne le lâche pas, une brindille me porte, je suis si léger, tout mousseux, je pétille et brille, du champagne, du vif-argent... je me tiens suspendu en l'air, je saisis n'importe quoi...

« langage privilégié », « très neufs », « par-
faits signes rythmiques », « tensions »,
« envols », « dimension intemporelle »,
« poème »... Mots bondissants, mots, aux-
quels, plus léger qu'un duvet, je me suspens,
mots impalpables et transparents, rythmes,
vols, envols, cela me soulève, je vole, je sur-
vole, je m'élève à travers des mers de nuages,
toujours plus haut, vers des ciels purs, azurs,
blancheurs immaculées, soleils, béatitudes,
extases... « Que c'est vrai, ce que vous dites,
comme vous le montrez bien. Une œuvre
vraiment poétique. Ah vous avez raison, nous
sommes comblés. »

S'il pouvait les prendre par les épaules et
les secouer, ces extatiques aux faces béates,
ces hypnotisés... Réveillez-vous, des passes
magnétiques vous ont plongés dans le som-
meil, on vous a suggestionnés, revenez à vous,
regardez, voyez-les, ces deux compères qui
viennent d'exécuter sur vous un de leurs
tours. Observez-les attentivement : il y a

quelque chose là, en eux, qu'il suffit de voir une fois pour que cela vous saute toujours aux yeux. Mais comment croire que vous-mêmes, si distraits que vous soyez, vous ne l'ayez pas, à un moment quelconque, aperçu ? Tout le monde voit ces choses-là. Mais vous avez préféré vous donner tort, c'était moins inquiétant, ce sont des choses sur lesquelles on préfère laisser son regard glisser rapidement, dont on aime mieux se détourner, on les oublie aussitôt, on n'a rien vu... On est tout incrédule, tout surpris lorsque quelqu'un — mais comme il est indélicat, indiscret — insiste, veut à tout prix vous les montrer... on se rebiffe... Mais qu'est-ce que vous allez encore chercher ? Vous voyez le mal partout. On veut tant, n'est-ce pas ? préserver sa tranquillité, se blottir, comme tout le monde, serrés les uns contre les autres dans la bonne, l'apaisante douceur de l'innocence, de l'ignorance... Mais il le faut, vous m'entendez ? Ces choses — vous devez m'en croire — sont de la plus haute importance. Ayez donc un peu de courage, venez donc un peu plus près, vous allez voir... il suffit de saisir le plus faible indice et de ne pas le lâcher... vous ne pouvez pas imaginer jusqu'où, jusqu'à quels trésors cachés on est conduit quand on ose s'aventurer ainsi, tenant ce fil d'Ariane dans sa main.

Moi, c'est de cela que je me suis emparé d'abord, c'est cela qui m'a guidé : cet air qu'ils ont de vouloir se tenir à distance, de trôner quelque part très haut sur les cimes, dans les nuées où, de temps à autre, à la faveur de brèves éclaircies, on peut les apercevoir, échangeant entre eux, comme tout à l'heure, d'un sommet à l'autre, d'à peine perceptibles signaux, avant de laisser choir au-dessus de nous ces paroles vers lesquelles, je dois l'avouer, moi aussi, tout d'abord je me tendais, m'étirant tant que je pouvais pour les atteindre, auxquelles, moi aussi, j'essayais de m'agripper... mais moi je suis lourd, moi je suis solide, je ne suis pas, moi, un duvet que le souffle le plus léger soulève, je retombais chaque fois pesamment, je me blessais, je restais longtemps prostré, diminué, sans forces pour me relever.

Et puis, un jour, j'ai vu poindre cela, cette petite chose que les autres, me semblait-il, ne voyaient pas ou faisaient semblant de ne pas voir. J'ai suivi à la trace ce qui sortait de ces regards échangés, de toute cette attitude de distance hautaine, de cet air un peu figé. Je l'ai suivi jusqu'à sa source, jusqu'à ce lieu secret où autrefois, il y a longtemps, cela a pris naissance, et là, j'ai vu s'accomplir sous mes yeux leurs tout premiers mouvements, ceux qu'ils ont dû exécuter il y a très long-temps, quand ils se sont barricadés en eux-mêmes, ont bouché toutes les issues, la plus fine fissure, pour empêcher de pénétrer en eux, de s'insinuer en eux douloureusement ce qui filtrait de chaque regard posé sur eux, de chaque intonation de voix, de chaque ébauche de sourire, pour que ne puisse se projeter en eux la vague petite image négligemment esquissée de pauvres bougres, de gens obs-curs, d'auteurs inconnus d'écrits illisibles rejetés partout. Ils se sont enfermés à triple tour. Seuls avec une autre image qu'ils n'ont plus cessé de contempler, une image d'eux-mêmes aux proportions gigantesques, tou-jours plus énorme, se déployant de tous côtés.

A elle seule ils s'adressaient, avec elle seule,

au moyen d'un langage fait pour elle seule ils communiquaient, elle, leur lecteur unique et leur seul juge. Son approbation à elle seule leur suffisait.

Et puis j'ai vu les autres, maintenus au-dehors, pris petit à petit de malaise. Un mal étrange s'est déclaré chez eux. Ils se sentaient mis au ban, tenus à l'écart, ils ne savaient pas très bien de quoi, mais la sensation était là : ils étaient exclus. Etaient-ils donc si indignes ? Etaient-ils donc si ignorants ? Quelques hardis pionniers, quelques incorrigibles chercheurs, de ceux qui sont prêts à affronter la mort pour découvrir les trésors enfermés dans les tombeaux des Pharaons, de ceux, à la patience infinie, qui consacrent avec joie leur vie à arracher leur secret aux hiéroglyphes, ceux-là ont tendu l'oreille aux rumeurs... des textes avaient paru, des plaquettes introuvables, des articles dans des revues, qui étaient passés inaperçus... ils les ont retrouvés, ils les ont déterrés, ils les ont dégagés de la couche épaisse d'indifférence dédaigneuse qui les recouvrait, ils se sont acharnés à les examiner, à les tourner et à les retourner et ils ont vu enfin, ils ont enfin compris... ces signes avaient un sens, ici une langue inconnue leur était révélée. Un langage nouveau, admirable de concision, d'intransigeance, de liberté, avait été créé, accessible seulement à certains rares privilégiés.

Alors, pleins d'appréhension, ils ont osé s'avancer, ils se sont approchés des portes bien gardées, des hautes grilles de la demeure royale où ces princes de l'esprit vivaient enfermés. Ils ont prononcé timidement certains mots. Les hautes grilles se sont entrouvertes pour les laisser passer. Ils ont franchi des espaces solennels, les vastes cours de palais royaux couvertes de gravier blanc. Ils sont entrés et ils ont vu. Quoi donc ? demandait, quand ils sont ressortis, la foule toujours plus dense et plus impatiente des exclus. Ah ils avaient été extrêmement intimidés — ils racontaient cela — on sentait la présence de gardes invisibles postés partout et observant votre mine, votre tenue. Il fallait se plier à une étiquette sévère, s'incliner très bas, jusqu'à terre, mais qu'à cela ne tienne, ils se sont prosternés... Ses œuvres... ils ont murmuré cela, fous de fierté, de joie... ils ont été les premiers, sans encouragements, sans soutien, à les découvrir, à les contempler... Nous avons, ô Maître, nous croyons pouvoir vous l'affirmer, nous avons compris, nous avons admiré... Sans bornes est notre dévotion, nous pouvons vous en assurer, sans réserves... Alors nous avons vu le souverain s'avancer vers nous et nous relever... Ah nous ne l'aurions jamais reconnu... il est si simple, charmant. Il nous a conduits dans une chambre où des manuscrits innombrables s'empilaient...

— Quand pourrons-nous les voir, nous aussi ? Quand pourra-t-on défiler devant les trésors ? La foule impatiente trépigne... — Cela viendra, prenez patience... Il a consenti... — Est-ce possible ? — Oui, il a bien voulu nous en confier. Et si vous saviez quelle grâce exquise, quelle délicieuse spontanéité. Sous ses paroles... — Comment, il a, vraiment, avec vous ? parlé ? — Parlé ? Avec nous ? Mais il bavardait, il ne pouvait plus s'arrêter. Il s'épanchait avec nous... Et nous, à notre tour, sous ce jet rafraîchissant... tout ce qu'il dit est si primesautier, neuf, étonnant... nous on s'ébattait, on perdait même, par moments, hein ? toute retenue... — Vous parliez de quoi ? — Oh de tout et de rien. On parlait à bâtons rompus. — Mais de quoi donc, mon Dieu ? — Mais de n'importe quoi, des choses les plus simples, de tout... — De tout ? Mais alors, peut-être... non... impossible de le croire... est-ce que de nous aussi... Mais dites de quoi vous avez parlé... de qui ? De moi, peut-être, ô joie, peut-être que mon livre... mais comment ? par quel miracle ?... a pénétré jusque-là... — Eh bien, figurez-vous qu'il est très au courant. Il s'intéresse à tout. C'est très surprenant. Il connaissait vos livres... — Oh je défaille... Mais ne me torturez pas plus longtemps... Vite... Qu'a-t-il dit ?... Ah ! cela ?... Mais comme c'est étrange... Déconcertant... Juste à l'opposé de ce que... Mais qui sommes-nous, ici, pour en juger ? Il faut recueillir cela avec précaution, il faut en toute humilité l'examiner... Il faut s'initier aux mystères de cette langue inconnue... Mais nous sommes prêts à faire tous les efforts... nous voulons être dignes, nous aussi, un jour, de voir s'entrouvrir pour nous les hautes grilles bardées de fer, de parcourir en tremblant les vastes cours de gravier blanc, de traverser les enfilades de salles immenses et de pénétrer... génuflexions, baisemains... mais relevez-vous donc, montez, là, venez donc vous asseoir ici, près de moi...

C'est ainsi que tout a commencé. C'est ainsi que tout s'est déroulé, j'en suis certain.

Mais même maintenant que la victoire est assurée, jamais ne s'efface en eux le souvenir des crimes de lèse-majesté, ils ne peuvent pas oublier les rires de la populace, l'ignoble familiarité des petites gens, les dédains, les condescendances des gens en place. Ils restent sur le qui-vive, barricadés en eux-mêmes, gardés de toutes parts. Entre eux et les groupes toujours plus nombreux de ceux qui attendent derrière les grilles, espérant les voir enfin se montrer, descendre peut-être un jour, sortir, et — ô gratitude, ô bonheur — venir se mêler quelques instants à la foule, ils étendent, pareilles aux solennelles cours blanches devant les palais des rois, les vastes étendues infranchissables de leur silence. Jamais ils ne se laissent fléchir, ne font la moindre concession. On dirait même que depuis qu'augmente sans cesse le nombre des initiés, ils s'écartent toujours davantage, se font toujours plus inaccessibles, plus cachés. Leur langage plus que jamais dirigé vers eux seuls monte toujours plus haut vers cette image d'eux-mêmes qu'ils ont autrefois tracée, incommensurable, trônant de plus en plus loin dans les nuées. Mais les paroles qu'ils lui adressent peuvent maintenant aller se perdre dans les profondeurs du ciel. Toujours plus audacieusement montent derrière elles les tenaces chercheurs, toujours plus nombreux s'élèvent, soulevés par la foi, les adeptes extasiés.

Mais moi je tiens bon. Moi, les deux pieds rivés à terre, la tête solide sur les épaules, je ne participe pas à ces étranges lévitations. Ma découverte, ce talisman précieux que je viens de vous montrer, me protège. Prenez-le, je vous le tends, il est à vous aussi, mes compagnons, tenez-le bien, ne le lâchez pas et vous serez comme moi, forts, clairvoyants. Reprenez vos esprits, ensemble regardons, examinons de plus près ce qui vient de tomber là, devant nous, pareil aux météores détachés d'astres lointains. Voyons un peu ce que c'est. Croyez-moi, on n'a pas besoin de faire de grands efforts. Soupesez cela tranquillement, ces paroles précieuses, si rares, elles ne contiennent, je vous assure, aucune charge de denses et subtiles pensées. Ce sont de pauvres mots vides, assemblés grossièrement suivant des procédés que vous pourriez, si vous le vouliez, découvrir et reproduire facilement, des trucs très simples de prestidigitation, des tours de passe-passe tout à fait banals. Parcourez rapidement, sans perdre inutilement votre temps précieux, ces articles hermétiques dont on parle tant, feuilletez, comme je l'ai fait, ces livres et vous verrez : j'ai raison. Allumons un grand brasier de tout cela, donnons-nous la main, dansons. Allons, mes camarades, mes frères timides, si fragiles, trop humbles, ne vous laissez pas impressionner, courage, aidez-moi...

Que quelqu'un entende son appel, qu'un seul d'entre eux veuille bien venir se ranger à ses côtés... Qu'un seul autre regard que le sien perçoive ce qu'il voit... Il n'en demande pas plus. Pour qu'il puisse se sentir absolument sûr, invincible, pour que puisse triompher la vérité, il lui faut juste cela : un seul témoin. Ses yeux se tournent de tous côtés, glissent sur des visages extatiques, sur des faces qu'une sorte d'hébétude a pétrifiées.

Mais là, presque en face de lui, il ne l'avait pas remarquée, elle se tient si effacée, toujours un peu à distance, elle aussi, mais sans que rien de louche chez elle n'affleure, aucun de ces mouvements sournois qui, d'ordinaire, vous donnent l'éveil et vous font vous élancer, sous l'effet d'une irrésistible poussée, à la découverte du point secret d'où ils sont partis. Le regard calme des yeux très clairs posé sur lui, s'attarde, appuie, un sourire à peine perceptible distend légèrement la chair un peu molle des joues. Il n'y a aucun doute : elle a vu, elle aussi, elle a découvert le lieu secret, elle possède le talisman, elle a dû le trouver sans effort, y être amenée tout droit, conduite par un mystérieux et sûr instinct, pareil à celui des oiseaux, des pigeons voyageurs. Elle ne s'est pas laissée hypnotiser, elle a tenu bon. Son regard le rassure : voyez, vous n'êtes pas seul. On se comprend. Nous ne sommes pas seuls, croyez-moi. D'autres, que nous ne connaissons pas, isolés, ne communiquant jamais entre eux, d'autres, chaque jour plus nombreux, perçoivent comme nous la vérité. Un jour, c'est sûr, elle triomphera. Pourquoi vous agiter ainsi ? Pourquoi vous tourmenter ? A quoi bon tant se presser ? Il faut savoir rester indifférent, laisser glisser, passer... Qu'importe tout cela ? Il suffit d'attendre. Soyez comme moi, amusez-vous un peu, avouez que le spectacle est distrayant...

« Vous êtes comme moi, je crois, vous n'êtes pas, vous, de ceux que cela affole, n'est-ce pas, Les Fruits d'Or ? » Maintenant qu'ils ont pu se rejoindre, qu'ils peuvent se parler un peu à l'écart des autres, elle lui dit cela, debout près de lui, levant la tête vers lui, le scrutant de son regard patient. Son âme mystérieusement préservée... aucune attaque brutale venant du dehors ne peut la forcer, aucun de ces produits fabriqués en série jamais ne l'encombre... son âme pure, forte, est là devant lui, s'étalant avec une parfaite innocence, une touchante confiance dans ses grands yeux transparents, dans ses larges joues, dans son sourire d'une enfantine candeur... le royaume des cieux leur appartient... en eux, miraculeusement germent et fleurissent des sensations intactes, neuves, puissantes... Il s'incline vers elle, il lui sourit, il la regarde droit dans les yeux... Il est prêt à tout abandonner, à renoncer à toutes les richesses qu'il a amassées, à son intelligence, à sa vaine science, à toutes ses ratiocinations et prétentions, pour être comme elle, protégé contre tous les contacts salissants, pour pouvoir comme elle poser sur le mal un regard dont rien ne peut altérer la sérénité, pour être semblable à elle, fait de la même substance, modeste, humble, et fort d'une inébranlable confiance dans la victoire finale du bien, dans le triomphe de la vérité... Il sent sur ses propres lèvres un sourire d'enfant, il lui semble qu'un pur rayon fuse de ses yeux... « Si vous saviez quel plaisir vous me faites en disant ça... Tout le monde est toujours ébloui par toutes ces phrases creuses, ces grands discours... C'est si « savant »... et pour dire quoi, je vous le demande... C'est vraiment rare de trouver quelqu'un... »

— « Oh moi, vous savez, je n'y connais rien... Qui suis-je, moi, pour juger ? » Une rougeur colore ses joues très légèrement boursouflées... ses cheveux gris mal coupés pendent en mèches dans son cou... elle tient serrées devant elle ses mains aux doigts courts, aux ongles coupés ras... ses vêtements qui éloignent le regard flottent sur son corps informe... vieille femme solitaire vivant Dieu sait comment ? S'occupant à quoi ? Peignant ? Quelles gouaches ? Quelles miniatures ? Ecrivant, pour elle seule, quels poèmes ?... Il arrête en lui-même le très léger mouvement de recul, il écrase l'à peine perceptible impression de dégradante promiscuité... « Non, non, vous savez mieux qu'eux tous, vous jugez mieux que tous ces esprits forts qui ne comprennent rien à rien... »

Il est avec elle, il a dépouillé ses habits de patricien, renoncé à l'amitié des puissants, abandonné sa somptueuse demeure ornée de marbre, de statues, de fresques, de mosaïques savantes, il la suit dans les catacombes, elle, sa sœur... ils sont entourés de païens, traqués, ils seront martyrisés, humiliés, mais il a choisi de se tenir à ses côtés, il veut rejoindre les pauvres, les humbles, les simples, ceux qui savent où sont les vraies valeurs... « Voyez-vous, cela n'arrive presque jamais de trouver quelqu'un qui ose avoir son propre goût et le dire comme vous... quelqu'un qui aborde une œuvre en toute pureté, sans idée pré-conçue... Je crois que personne ici... vous les avez entendus... ne s'intéresse à l'œuvre elle-même... A quoi bon, avec eux, discuter... Pas un mot n'est sincère... Tandis qu'avec vous, j'ai senti encore tout à l'heure... »

Elle l'écoute, ses yeux transparents fixés sur lui, sa bouche légèrement entrou-verte... visage d'extatique, de fanatique... tête peu encombrée où viennent peut-être s'ins-taller, occupant toute la place, quelles croyances... absurdes... Christian Science... sciences occultes... yogi... adepte de sectes bizarres... errant loin des chemins tracés...

nudisme... sandales grecques... tables tour-
nantes... il a envie de s'écarter, mais sous
l'effet des chauds rayons qui fusent toujours
des grands yeux confiants, les mots, en lui,
comme des vapeurs, se dégagent des minces
flaques qu'ont laissées en se retirant les flots
d'humilité, de pureté, de fraternité dont il
avait été inondé, montent, les enveloppent...
« Non, c'est vrai, ce que je dis. Vous êtes
différente... Heureusement... On ne voit pas
souvent, je vous assure... Mais vous le savez
bien... Je sens tout à fait comme vous : Les
Fruits d'Or, ce bouquin... »

« Ha, ha, encore... Vous discutez toujours des Fruits d'Or ? » Côte à côte, les
deux grands, les deux pairs, isolés au milieu
de la foule, sont passés, les ont frôlés, les ont
regardés d'un air malicieux. Ils ont vu les
deux âmes pures, les deux innocents. Ils l'ont
associé, lui, avec cette demeurée. Qui se ressemble s'assemble... Ils l'ont vu, naïf, senti-
mental comme elle, rempli d' « idéal »... on
trouve toujours chaussure à son pied... Ils

savent... leur regard de côté, leur sourire amusé l'ont montré... ils ont lu à livre ouvert en elle, en lui, ils ont vu leur satisfaction à tous deux, deviné leur conspiration, ils ont perçu — ils sont toujours si vigilants — les regards échangés, les sourires de mépris... Très amusant... Pauvres gens... Débiles aux cerveaux peu solides, mal construits, incapables de saisir, de disséquer les choses délicates. On est un peu paresseux, sans doute, aussi. On se laisse toujours couler vers ce qui est facile, un peu douteux, psychologie, psychanalyse à bon compte, ragots... il faut bien, n'est-ce pas, trouver un moyen de se rehausser... Mais ils sont drôles... ils sont touchants... accrochés à la sensation « sincère », « spontanée »... ces mots ridicules qu'ils emploient... craignant tout ce qui est construit, dépouillé, aride, « cérébral » (un de leurs mots préférés), ne se fiant qu'à leur instinct, qui les fait aussitôt, comme les chiots qui se couchent sur le dos et geignent au seul bruit caressant d'une voix, réagir à ce qui est « vrai », à ce qui est « beau », « vivant », comme ils disent... Comme si tout en art n'était pas concerté à froid, l'effet de combinaisons savantes, de calculs, de conventions, comme si le langage qui convient pour en parler avec le plus d'efficacité possible et de précision ne devait pas fatalement être un langage ésotérique... mais, entre tous, ce mot qui les écarte et les exclut leur fait horreur...

Ils ont tout perçu en un clin d'œil, ils l'ont transpercé et cloué là, auprès d'elle, ils leur ont attaché, à elle et à lui, le même écriteau... Ils ont tout vu sans s'arrêter de parler, ils leur ont juste jeté ces mots en souriant, sur un ton gentiment moqueur, comme à des enfants : « Vous discutez toujours des Fruits d'Or ? » et ils sont passés.

8

« Des petits bouts de bois dans les oneilles, ho, ho, ho... voilà, chère Madame, de la grande littérature... Des petits bouts de bois dans les oneilles... Ah cher et grand Jarry... Comment est-ce qu'on vivrait, que serait-on devenu sans toi ?... Il fallait l'entendre, la brave dame, elle était toute rouge, toutes ses plumes hérissées : « Mais Monsieur, moi je trouve Les Fruits d'Or factice... C'est trop littéraire... Ce n'est pas ça, la réalité... » Des petits bouts de bois dans les oneilles... Voilà la littérââture, ma petite Madame, c'est ça, la réalité, comme vous l'appelez... Elle a eu peur comme si je l'avais assaillie, j'ai cru qu'elle allait crier au secours... Il fallait la voir, c'était tordant : « Mais c'est si fabriqué... Les sentiments, c'est tellement plus complexe... Il pépie... On nous a appris... A l'heure actuelle, nous savons... » Qu'est-ce que vous savez donc, hein ? Qu'est-ce qu'on vous a appris ?... La pauvre était hors d'elle : « Ce que nous appelons la réalité aujourd'hui — c'est bien autre chose... Depuis un demi-siècle, toutes ces découvertes... Nous n'en sommes plus là... C'est ce que j'explique toujours... » Ah Madame... il hoche la tête d'un air faussement pensif et grave... qu'est-ce donc que la réalité ? »

Il dresse en l'air en un geste d'invocation ses larges mains usées à broyer les couleurs, à manier les pinceaux, les stylos. Sa tête aux grands traits nobles, burinée par les plus rudes efforts, par les plus meurtriers combats tourne librement sur son cou nu, il regarde autour de lui de son œil perçant et dur d'épervier : allons, qui dit mieux ? Un peu d'audace... Qui veut me donner la réplique ? Qu'il vienne... N'ayez donc pas peur... Mais qui voudrait, mais qui oserait, métamorphosé aussitôt en brave dame effarouchée, aller devant un public hilare s'exhiber auprès de lui sur les tréteaux ?

Son visage devient très sérieux : « J'ai dit

l'autre jour à Bréhier : C'est beau, tu sais, ton bouquin. Je suis amoureux d'Estelle. La scène au clair de lune... les cascades, les char-milles romantiques, ah, c'est fameux, ça, mon vieux. Il faut revenir à ça... Pour votre fille, Madame, ce sera la réalité, comme vous l'ap-pelez. Bréhier la lui fera sentir de cette façon-là. Elle était suffoquée : Mais ce sont des sentiments pour midinettes... J'étais ravi ! Bravo ! voilà ce qu'il nous faut en ce mo-ment : des sentiments pour midinettes... Non, mais blague à part, c'est stupéfiant. Vous savez comment Bréhier voulait appeler Les Fruits d'Or ? « Pléonasmes » : c'était pas mal. Moi je trouvais ça très bon. Excellent. Et puis, il a trouvé « Les Fruits d'Or ». C'est le côté trompe-l'œil qui l'a séduit. Il m'a dit : « Je voulais que le lecteur crève de faim devant ça. » Comme la brave dame... « Il faut que ceux qui veulent croquer des pommes juteuses, les affamés, se cassent les dents là-dessus. » Mais pour les autres, n'est-ce pas, quels objets précieux ! Des fruits d'or pur. Et quel galbe. La scène sous la char-mille... quel art... Hein, c'est un équilibriste, au fond, Bréhier ? Hein, vous n'êtes pas d'accord ? Si ? Vous avez lu l'article de Monod ? Magnifique. Il leur envoie ça... Nul. Oh c'est hénaurme, comme disait l'autre. Nul. C'est un livre nul. Il commence comme ça. Tous les affamés, tous les frustrés jubilent. Nul. Annulé. Tout s'annule. Il ne reste rien. Le style tient à distance. Attention. Ne pas toucher. Regarder. Ne pas se nourrir. Joie des yeux. Pas de « réalité ». C'est la politesse parfaite. Aucune familiarité, pas de contacts, d'haleines tièdes, pure contemplation de dessins aux sujets surannés et délicats. Des personnages aux lignes à peine esquissées, sans profondeur, d'une suprême élégance. Moi ça me fait jubiler. Et puis, à la fin, l'auteur s'écarte, dans une pirouette il s'éloigne, les lignes se brouillent un peu... « Ah Monsieur, cette fin hermétique... Vous avez compris ça ? » Bréhier prend le large. Que seuls ceux qui m'aiment me suivent. Moi j'ai suivi, et comment ! »

Rires ravis. Nous aussi. Tout le monde suit. Quelle soirée... Ah c'était une chance, Orthil était à son meilleur. L'esprit même. Eblouis-

117

sant. Si vous l'aviez vu... Il y a des jours... Il est l'intelligence même, la sensibilité. La sensibilité de l'intelligence... ce qu'il y a de plus rare... Ah, s'il n'avait pas peint, dessiné, s'il n'avait pas écrit de si admirables poèmes, quel critique étonnant il aurait fait !

« Je dois dire que moi, le génie de Bréhier m'a frappé depuis le début... Bien avant Les Fruits d'Or. Dès son premier recueil de nouvelles... C'était déjà très étonnant... »

Comme lorsqu'au milieu d'une foule qui déambulait paisiblement un coup de feu tout à coup a claqué et que, le premier instant de stupeur passé, on se bouscule, on s'interroge, on court, en elle, aussitôt, un branlebas se déclenche : mais qu'y a-t-il ? Qu'est-il arrivé ? Comment, là, au grand jour, devant tout le monde, avec tant de cynisme, avec une si froide audace a-t-il osé ! Elle ne peut en croire ses oreilles, ses yeux qui ont vu... elle en est sûre... elle le revoit clairement... cela se dessine avec une extrême netteté : en haut de la page du journal, à droite, à leur place habituelle, encadrées d'un trait noir épais, les deux colonnes en caractères fins, et au bas... elle ne distingue pas chaque lettre, mais elle la reconnaît, elle la voit : sa signature... ce long mot de plusieurs syllabes, tout seul, il n'est précédé d'aucune initiale, d'aucun prénom... il signe toujours ainsi... Mettetal, c'était bien cela... elle le voit, elle le sent, fiché en elle... autour de ce nom, comme les brins de paille emmêlés d'une meule autour du pieu qui les rassemble et les soutient, les impressions, les sentiments qu'elle avait éprouvés sur le moment viennent s'enrouler : un peu de pitié pour ce pauvre Bréhier, si sympathique, si fin, un peu de dédain, un vague apaisement, une douceâtre et un peu écœurante satisfaction et, surtout, de l'étonnement : que Mettetal, lui entre tous si prudent, si mesuré, prenne parti ainsi, presque violemment, contre ce livre étrange, qui tient à distance, où certains critiques des plus avertis ont pu déceler tant de promesses... Non, il n'y a pas moyen d'en douter, c'est là, en elle : quelque chose de vigoureux, de vivant est là, que l'autre a essayé d'écraser, que l'autre a saisi sournoisement pour l'étrangler. Une

120

agression intolérable vient d'avoir lieu. Un attentat odieux. L'ordre est renversé. La justice est bafouée.

Il faut absolument que cesse ce scandale, cette lutte qui la déchire... Toutes ses forces tendues, elle regarde... le mot au bas de la page n'était peut-être pas Mettetal. Est-elle sûre que ce n'était pas un autre mot très long, deux mots... n'y avait-il pas un intervalle entre eux ? « Par intérim », c'était peut-être cela ? Et ces impressions, ces sentiments, est-elle absolument certaine de les avoir éprouvés justement cette fois-là ?... Sa mémoire baisse, elle est fatiguée... elle oublie facilement, elle confond... Elle est prête à se sacrifier... Ne vaut-il pas mieux se changer soi-même que la face du monde ? Elle sent maintenant un soulagement... Il n'y a pas eu la moindre agression. La justice n'a pas été bafouée, l'ordre n'a jamais cessé de régner.

Mais voilà qu'avec une violence accrue la lutte reprend... il n'y a rien à faire : c'est là, cela se dessine plus nettement qu'avant... il n'y a pas trace d'un intervalle... un seul long mot... la dernière syllabe est comme dressée :

tal... Mettetal... Et l'article était bien un éreintement. Cela se dégage, se déploie, grossit, appuie, veut forcer toutes les défenses, jaillir au-dehors, s'épandre, écraser sous son poids énorme l'agresseur... Dans un instant cela va surgir, tous vont le voir, et lui — l'image la fait se rétracter — lui, assis là, si dur et net, si digne et sûr de lui, aura tout à coup cet air du Monsieur respectable, très correctement mis et décoré, qu'une bonne d'enfants indignée force à sortir de derrière le buisson et désigne aux passants... Non, c'est impossible, il faut retenir à tout prix les mots qui se bousculent, qui veulent s'échapper, mais elle ne pourra pas les contenir... elle les tire, elle les retient... pas comme ça... doucement... elle va rogner leurs angles, moucheter leurs pointes, bien les emmailloter : des grosses boules un peu molles qui vont le bousculer gentiment, le chatouiller, juste pour rire, bon gros rire, bonne grosse voix, elle fronce les sourcils et plisse les lèvres d'un air de feinte indignation : « Mais dites-moi, Mettetal, mais là je vous attrape... mais vous savez que vous êtes un affreux menteur... »

122

voilà, cela n'a pas fait mal... quel mal y a-t-il à cela ? Qui cela choque-t-il vraiment ? Elle, ça l'amuse beaucoup. Il a voulu plaisanter, ou bien il a oublié, ou peut-être (et que celui qui ne l'a jamais fait lui jette la pierre) peut-être a-t-il voulu se vanter ? Voilà... maintenant que le plus délicat, le plus dangereux a passé, le reste peut venir : « Je crois bien, elle agite son doigt, je crois bien me souvenir que vous n'avez pas été très tendre... elle s'abandonne, délivrée... pour Bréhier, juste à ce moment-là... quand il a publié ses nouvelles... »

Il tourne vers elle ses yeux globuleux, légè-rement exorbités, il va sourire, il va hocher la tête comme font les grandes personnes quand les enfants terribles, ah, ces petits diables incorrigibles, se livrent à une de leurs facéties... il va la regarder, secouer la tête en riant : Mais vous êtes terrible, on ne peut pas vous tromper. Il n'y a pas moyen avec vous de se vanter, de mentir un peu... il n'y a rien à faire, il faut avouer : c'est vrai, tout au début, je me souviens que j'ai fait un papier très vite, j'avais à peine eu le temps de parcou-rir... j'ai dit en effet... Elle n'en demande pas plus, il n'en faut pas plus pour que la menace soit écartée, pour que tous respirent librement. Paix. Justice. Harmonie. Innocence des premiers âges. Allégresse. Amenée au grand jour, rétablie dans tous ses droits, installée à sa place, intrônée, sacrée, la Vérité va resplendir, ses rayons vont caresser un monde purifié...

Il l'effleure un instant de son regard vide et détourne les yeux...

Qu'est-ce que c'est ? Qui trouble l'ordre ? Qu'est-ce que c'est que cette folle, cette illuminée qui parcourt la terre, pieds nus et en haillons, crie sur les places publiques, se frappe la poitrine, appelle à la pénitence, prêche la parole du Christ, pointe son doigt crochu sur les grands de cette terre, nargue l'ordre établi, annonce le Jugement dernier... On l'entoure. Leurs regards la lapident. Elle est repoussée, expulsée. Le cercle des fidèles se referme. Le calme, un instant troublé, revient. Les épaules se soulèvent... Sourires... Qui fait attention aux divagations de ces innocents, de ces demeurés ? Soyons sérieux :

« Ecoutez, Mettetal, dites-nous donc un peu... est-ce qu'il n'a pas écrit entre ces nouvelles et Les Fruits d'Or un texte encore inédit, tout à fait étonnant... vous vous souvenez, vous nous en aviez parlé... »

Ah sacré bouquin... On peut l'examiner, le découper en tous sens, en horizontale, en verticale, en transversale, en diagonale, on peut le prendre par tous les bouts, poser sur lui n'importe quelle grille... Dans chaque passage, chaque phrase, chaque membre de phrase, dans chaque mot, dans chaque syllabe, si l'on sait voir, quelles richesses inexplorées, quelles résonances, quelles perspectives immenses, infinies, ne trouve-t-on pas ?

Moi Les Fruits d'Or, j'ai trouvé ça d'un drôle... J'ai ri... Tout le monde trouve que c'est un livre si triste, tragique, mais moi, si vous saviez comme j'ai pu rire... Il y a des scènes... Quand il a manqué son train... ou quand ce personnage, vous vous souvenez,

cherche son parapluie, mais c'est irrésistible...
du vrai Charlot. Un style... Une force...
Mieux que Charlot. C'est vrai. Un grand
comique. Personne n'a vu ça. Qui a pensé à
le dire ? Comique et tragique à la fois. C'est
le propre de toutes les grandes œuvres.

Comique ? Marthe est étonnante. Ah c'est
bien elle ! Elle trouve Les Fruits d'Or comique... Mais vous savez, elle a raison. Moi
aussi, en lisant certains passages j'étouffais,
c'était à mourir de rire. D'une drôlerie...

Un humour... Un humour féroce. Macabre.
Macabre et candide. Une sorte d'innocence.
Clair. Sombre. Perçant. Confiant. Souriant.
Humain. Impitoyable. Sec. Moite. Glacé.
Brûlant. Il me transporte dans un monde
irréel. C'est le domaine du rêve. C'est le
monde le plus réel qui soit. Les Fruits d'Or,
c'est tout cela.

Comme sous les rayons du soleil, dans

toutes ces terres si fécondes, les plantes les plus étranges s'épanouissent, les formes aux contours biscornus se dressent, les couleurs, de la façon la plus inattendue, la plus hardie, s'assemblent, les tons, disparates à crier, forment ici — ô surprise — un ensemble parfait d'harmonie, de beauté.

— Moi, je dois le dire, oserai-je l'avouer ? Ne me tuez pas. Il cache sa tête avec drôlerie derrière son bras plié. Moi, *mea culpa*, à la première lecture... Quel tour va-t-il encore leur jouer ? Quelle pitrerie a-t-il inventée ? Que va-t-il faire ? Il est si spontané, charmant et primesautier, quelle folie ne lui pardonne-t-on pas ?... Eh bien oui, là, je ne l'ai pas aimé, j'ai lu les trente premières pages en bâillant, je l'ai refermé et j'ai dit à Luce... il roule des yeux de conspirateur, il chuchote très fort : Luce, ne le lis pas.

— Mais ne l'écoutez pas, il en était complètement fou... Guy, qu'est-ce que tu racontes ?

— Bien sûr, après... je ne suis tout de

même pas complètement idiot, je ne suis tout de même pas tout à fait une brute... Après, naturellement... je l'ai tout de même emporté en vacances, je me disais, ce n'est pas possible, il faut encore le lire, je me disais, dis donc, mon vieux, tu commences à m'inquiéter, tu dois être surmené, il y a quelque chose qui ne va pas...

— Et là, dès le premier jour, nous n'avions pas défait nos valises... Il fallait le voir, il était assis sur son lit, le livre ouvert devant lui, en train de défaire sa cravate...

— Ah là, je l'avoue, j'ai eu un choc. Ça m'a sauté au visage. A cinq heures du matin, j'étais là, à la même place... J'ai réveillé Luce...

— C'est vrai, il m'a secouée... Oh dis donc, quel bouquin... Il le lisait sans cesse, il en savait des passages par cœur, nous en parlions tout le temps, on laissait passer l'heure du repas, l'heure du bain...

Il y a ceux d'avant Les Fruits d'Or et il y a ceux d'après.

Et nous sommes ceux d'après. Marqués pour toujours. La génération des Fruits d'Or : nous resterons cela.

C'est vrai. Je suis bien d'accord. Depuis Les Fruits d'Or, quelque chose pour moi a définitivement changé. C'est un tremblement de terre, Les Fruits d'Or. C'est un raz de marée. Qui, je me le demande parfois, osera encore écrire après cela ?

Une limite a été atteinte. Là, en tout cas, dans cette direction-là, le chemin est barré.

— Tout à fait étonnant. Une sorte de miracle, en somme. Une réussite comme depuis, mais je cherche... depuis quand ?

— Oh vous, mon petit Jean-Pierre, vous... un doigt cruel s'agite devant son nez... vous dites ça pour nous faire plaisir, on vous connaît...

Il rougit, il vacille... « Mais comment ? Mais pourquoi ? Pourquoi donc dites-vous ça ? »

Les yeux moqueurs sourient, les têtes incrédules se balancent... Ah non, ce serait trop commode : ici, on ne pénètre pas comme ça. Il faut avoir donné certaines preuves... il faut avoir un passé moins louche. On a, à certains moments, commis certaines erreurs fâcheuses, fourni aux autres, quand ils étaient au pouvoir, un peu trop de gages... Il y a eu, au début, certaines attitudes troubles, des regards détournés, des silences sournois... Il y a eu, on le sait, bien des réticences... Qui a employé certains mots qu'on n'oserait pas répéter, ce serait trop féroce... Non, malheureusement, on a montré qu'on ne possède pas quelque chose d'essentiel, un sens particulier, une tournure d'esprit, un certain don...

Il faut prendre bien garde à laisser à la porte des alliés aussi suspects, ces ralliés de la dernière heure qui jetteraient le discrédit sur la communauté. Avec calme et fermeté, d'un petit coup très léger... c'est gênant, mais tant pis... il faut, dans certains cas, dominer sa pitié... « Ce Jean-Pierre, il veut nous faire plaisir, il est bien gentil... »

Mais nous ici, entre nous, nous les fidèles, les sûrs, nous qui n'avons jamais flanché, nous qui avons toujours — et au milieu de quelles tempêtes, et entourés de quels dangers ! — veillé sur la flamme, nous pouvons le dire bien haut et nous le disons, maintenant que notre heure enfin a sonné : « Il y aura ceux d'avant et ceux d'après Les Fruits d'Or. Et nous serons ceux d'après. »

— Alors, qu'est-ce qu'on raconte ici, à Paris ? Qu'est-ce qui se passe ? Quel est le dernier cri, le dernier dada ? C'est que je suis un provincial, moi, je suis un paysan... Je ne perçois que de vagues échos, là-bas, perdu dans mon coin... Tout le monde est emballé par Les Fruits d'Or, à ce qu'il paraît... J'ai un peu lu le bouquin... Eh bien, je ne sais pas si vous êtes de mon avis... mais moi je trouve ça faible. Je crois que ça ne vaut absolument rien... Mais rien, hein ? Zéro. Non ? Vous n'êtes pas d'accord ?

— Non, non... il hoche la tête sans parler, il a envie, comme fait l'enfant sage qui voit son camarade dissipé, derrière le dos des grandes personnes... oh, qu'est-ce qu'il fait, c'est défendu, il est fou, oh, et ces vilains mots qu'il dit... il a envie de mettre sa main sur sa bouche, de lever les épaules peureusement, de rouler les yeux, de trépigner d'excitation joyeuse, il sent monter en lui des rires nerveux... il secoue la tête faiblement en signe de dénégation.

— Non ? Vous ne trouvez pas ? Allons, vous n'êtes pas sincère, vous essayez de me faire marcher... Ce n'est pas possible que vous trouviez ça bien... Ce navet... Nul. Prétentieux... Mais pourquoi riez-vous ? Qu'est-ce qui vous amuse tant ? Vous trouvez ce que je dis idiot ?

— Oh, non, ce n'est pas ça... Mais vous êtes impayable. Vous ne pouvez pas imaginer... Oh, c'est trop bon... Le front dans la main, secouant la tête... Non, c'est à mourir de rire...

— Quoi ? Qu'est-ce qui est à mourir de rire ? Que je ne me laisse pas faire, que je ne sois pas impressionné par tous ces snobs, ces crétins ?

— Oh, ces crétins... Brulé... Mettetal, Ramon, Lemée, Parrot, des crétins... Ha, Ha... Ecoutez... ah j'étouffe... je voudrais que

134

quelqu'un vous entende... Mais vous savez... Non, vous n'imaginez pas combien vous êtes drôle... Si je racontais... mais soyez sans crainte, je ne le raconterai pas... D'ailleurs personne ne me croirait... Non, il faut l'avoir entendu... Il faut... mais vous êtes impayable... Je ne céderais pas ma place... Alors, non, sérieusement, alors vous trouvez que c'est un navet ? Vous trouvez que c'est mauvais, Les Fruits d'Or ? ha, ha...

— Mais oui, bien sûr que c'est mauvais. Et vous savez, tous vos arguments d'autorité, les opinions de tous vos Mettetal et de vos Lemée n'y changeront rien. J'aime mieux vous dire que je m'en moque un peu. Ils défendent n'importe quoi. Et puis, hein, dans ces choses-là, pas d'argument d'autorité. Jamais. Il se redresse fièrement. On ne doit se fier qu'à soi. Il appuie son poing sur sa poitrine... A soi, vous m'entendez. A sa propre sensation. Et moi, moi, il se frappe la poitrine, moi, je vous le dis, riez tant que vous voulez, vos Fruits d'Or, c'est un beau navet.

— Mais je ne ris pas... il s'essuie les yeux.

Je ne ris pas... sa voix pleure... je ne sais pas... je ne dis rien... C'est vous... il articule difficilement... Vous ne pouvez pas imaginer comme c'est drôle. Oh vous êtes unique. Quel numéro vous êtes... ha, ha, ha, je n'en peux plus... quand je pense... oh, vous me ferez mourir...

— Quand vous pensez à la tête que feraient tous ces crétins ?

— Oh arrêtez, je vous en supplie... vous me faites mal, je n'en peux plus... Alors... les mots sortent difficilement, entre deux hoquets... sérieusement... Les Fruits d'Or, ce navet...

— Oui, oui, je ne retire rien. Et vous pouvez rire tant que vous voulez. Et vous pouvez le dire à qui vous voudrez... L'autre lève la main pour protester... A qui vous voudrez, je n'en rougis pas. Et rira bien qui rira le dernier. Ce n'est rien, Les Fruits d'Or. Très prétentieux. D'où ce succès. Plein de faux mystère. De « grands thèmes ». Dans un style surélevé, un peu hermétique... ça fait mieux... qui masque souvent... je vais vous dire quoi... vous allez trouver ça tordant : une grande banalité de pensée, de sentiments... beaucoup de platitude... C'en est par moments stupéfiant.

— Ah là, je dois vous arrêter. Le rire cesse brusquement. Le visage devient sérieux. Non là, il faut que je vous dise. Je ne plaisante plus. Là, vraiment, vous avez tort. Vous savez ce qu'on vous répondrait ? On vous dirait : Mais voyons, comment ne voyez-vous pas que ce côté banal, ce côté plat dont vous parlez, cela, justement, Bréhier l'a voulu, il l'a fait exprès.

Combien osent ainsi, s'emparant d'un poème, d'un roman dont l'éclat éblouit tous les yeux, le serrer dans leur poigne puissante, appuyer férocement aux endroits fragiles, presser... ici, voyez, cela ne tient pas... et ici encore... voyez comme c'est faible, comme c'est mou... du mélodrame, de la pure convention, de la pacotille... c'est vulgaire, c'est plat...

Et personne ne bronche, on les écoute en silence. On les regarde s'exhiber, enivrés du sentiment de leur liberté d'esprit, de leur clairvoyance, on les laisse appuyer plus fort, encore plus fort, enfoncer encore davantage avec des cris triomphants. Et puis, comme un coup de revolver dans leur nuque, ce bref claquement : « Mais tout cela, voyons, c'est fait exprès. »

Celui qui reçoit cette décharge titube, il tombe, il gît à terre, perdant tout son sang. Les assistants, curieux, apitoyés, s'approchent, se penchent : c'était donc cela le colosse redoutable qui brandissait dans son énorme poing et nous montrait : « Voyez, bonnes gens, regardez... là, par exemple... ici, mon doigt sans effort s'enfonce... j'ouvre la chose en deux et je vous la fais voir. L'objet à l'aspect éclatant de force, de vie, ressemble à un fruit blet. » Pauvre bougre, il a bonne mine maintenant. Voilà où l'ont mené son arrogance, sa jobardise, son insensibilité. Mais aussi, comment peut-on, si aveugle et sot qu'on soit, comment, je vous le demande, peut-on ne pas voir, qui ne le voit pas ? cela crève les yeux : ces platitudes, comme il les appelait, le malheureux, ces platitudes qui le

choquaient tant, elles avaient été mises là
exprès.

Leur résistance est brisée, jusque dans
leurs recoins les plus secrets, l'agresseur
avance, écrasant sur son passage ces joies
délicates, ces voluptés, cette exaltation, cette
sensation de croître, de s'épandre qu'ils
avaient quand, seuls dans leur chambre, ils
lisaient, s'arrêtant de temps en temps pour
ressasser, pour savourer, pour se gonfler
d'attente avant, sans se presser, de reprendre
leur lecture, feuilleter, relire lentement, se
laisser descendre vers quelles fraîcheurs om-
breuses, quelles profondeurs bleutées... Tout
cela maintenant est souillé, saccagé : de pauvres choses que des mains brutales saisissent
et jettent dehors. Tenez, regardez. C'est ça
que vous aimez. Voilà ces merveilles, ces
abîmes qui vous fascinent... Ces sentiments
si « vrais » qui font se contracter voluptueu-
sement votre cœur... De pauvres fadaises, de
misérables faux semblants. Musée Grévin.
Vulgarité. Poésie de pacotille...

Ils sont abattus, prostrés. La vue brouillée, ils tâtonnent faiblement de tous côtés, cherchant du secours. Et là, à leur portée, ils ne savent pas exactement ce que c'est, ça doit être quelque chose de lourd, de contondant... ils se tendent, ils saisissent cela, ils le soulèvent avec ce qu'il leur reste de forces et le jettent à la tête de l'ennemi triomphant : « Mais tout cela, c'est fait exprès. »

Miracle. En un instant, la situation se renverse. L'agresseur chancelle, il s'écroule, assommé.

« Exprès. C'est fait exprès. Voyons, comment ne le voyez-vous pas ? »

Le coup le fait tituber, il voit des gerbes d'étincelles, il a trente-six chandelles devant les yeux. Il essaie de se retenir à n'importe quoi pour ne pas tomber... « Comment exprès ? Mais écoutez-moi, ce n'est pas une excuse... Si l'auteur l'a fait exprès, tant pis pour lui... » Il se redresse... « S'il écrit des platitudes, exprès ou non, il manque de goût, voilà tout. — Mais il le fait exprès, figu-

rez-vous, de ne pas faire preuve de goût. »
Le nouveau coup le fait chanceler, il se cram-
ponne... « Mais alors, il faut qu'on le sente.
— Mais tout le monde le sent, sauf vous.
Les gens qui s'y connaissent un peu, en
tout cas, ne s'y trompent pas. » Il s'efforce,
comme il peut, de se remettre d'aplomb...
« Mais il faut que ce soit évident... que ça
serve de repoussoir à quelque chose qui ne
soit pas plat, sinon on risque de la prendre,
cette platitude-là... les forces peu à peu lui
reviennent, il se tient bien debout maintenant... on prend cette platitude pour de
l'art... Cette fois, c'est lui qui attaque et ils le
regardent surpris, ils reculent, prêts à parer
le coup... Tous les fabricants de navets, si vous
voulez que je vous le dise, font exprès. Tout
le monde fait toujours exprès, à ce compte-
là. » Ils ne se laissent pas intimider, ils avancent sur lui de nouveau : « Les fabricants de
navets ne savent pas qu'ils écrivent plate-
ment, figurez-vous. Tandis que lui, il le sait.
Il le fait exprès, comment ne le comprenez-
vous pas ? — Mais comment savoir... Attendez... Comment ?... il pousse de faibles cris,

comme des couinements de souris... Comment le sait-on, qu'il l'a fait exprès ? — Mais on le sait... ils le secouent. On le sait parce qu'il est maître de ses moyens, il ne peut pas se tromper, il sait toujours ce qu'il fait... » Une voix de femme glapit : « Et puis il l'a dit. » Il crie cette fois de toutes ses forces : « Ah, il l'a dit ? A qui ? — Il l'a dit, il l'a dit dans une interview... Je l'ai entendu, il en a parlé à la radio... Il a dit : J'ai voulu faire littéraire, conventionnel... vous comprenez... » Il ne reconnaît pas sa propre voix : « Mais il l'a peut-être dit pour se défendre. C'est peut-être une ruse de sa part. Une ruse... Il ne pouvait pas faire autrement... » Cette fois, c'en est trop. Ils tombent tous sur lui et le frappent à grands coups, « Comment pouvez-vous ? Vous... Mais vous perdez la tête. C'est un génie. Il a donné ses preuves. Vous oubliez ce détail, mon petit ami. Vous oubliez ce qu'il a fait... Quelles œuvres admirables... — Admirables ! Je n'en connais pas... Tout ce qu'il a écrit est comme ça... Il rit d'un rire de dément... Plat, plat, plat, ha, ha... exprès... elle est bonne, ha, ha... exprès, exprès... », tandis qu'ils lui passent la camisole de force et l'emportent.

— Ça vous surprend, ça ? Hein ? Ce qu'ils vous diraient — ils le disent toujours dans ces cas-là — ce qu'ils vous répondraient, tous les esprits forts, les Mettetal, les Brulé, si vous vous avisiez de leur parler de ces platitudes, de ces sentiments de pacotille que vous avez trouvés dans Les Fruits d'Or. Que pourriez-vous répondre à cela ? Comment allez-vous, cette fois, vous en tirer, hein ? Vous l'homme intrépide. Je vous attendais là. Moi je ne demanderais pas mieux, vous savez, si je pouvais... Moi-même, par moments, je me suis demandé, je vous l'avoue... Mais ça me démonte toujours, moi, cet argument-là.

— Ça vous démonte, quand ils vous sortent cette ineptie ? Que c'est fait exprès ? Ah, elle est excellente, elle est très bonne, celle-là. Vraiment, vous ne plaisantez pas, il y a des gens qui se laissent intimider par ça ?

— Oui, figurez-vous. Moi-même, je ne sais

jamais très bien quoi répondre quand on m'objecte cela. Il n'y a rien à dire. J'essaie, comme je peux, de me défendre un peu, mais l'argument est fort.

— Fort ? Mais voyons, ça ne tient pas.

— Je sens bien que vous avez peut-être raison. Mais dites pourquoi. On est pris comme dans des rets dans ce truc-là. On se débat, on n'en sort pas.

— Moi j'en sortirai, je vous prie de le croire.

— Eh bien, comment ? Comment ? Dites-le-moi.

— Ce n'est pas difficile : on ne peut pas faire plat exprès. Ça ne tient pas debout... C'est ridicule... » Toutes ses forces bandées, il se tend... le monstre humide lui glisse entre les mains... il essaie de le saisir... « Mais qu'est-ce que ça veut dire : il a voulu faire plat ? Qu'est-ce que ça veut dire ? Nous sommes ici dans le domaine de l'art, non au niveau de nos petites observations personnelles. Il a voulu faire de la platitude la matière d'une œuvre d'art ? C'est ça ? Il tient accrochée par une extrémité cette chose gluante et sombre qui se débat. Mais il ne la lâche pas... Une œuvre d'art. C'est bien cela... » Il ricane, un peu surpris... comme un déménageur qui avait saisi à bout de bras un gros colis, le croyant léger... une plume pour moi, ça ne pèse rien, vous verrez... et qui, au bout de deux pas, obligé de le poser par terre, tout rouge, s'éponge le front... Ah nom de Dieu, je n'aurais pas cru... Mais dites-moi, qu'est-ce qu'il y a donc là-dedans ? Mais c'est du plomb qu'il y a dans ce truc-là... Il a un sourire un peu gêné : « Mais dites donc, vous n'allez pas m'obliger à vous faire un cours ? »

— Si, je vous en supplie, expliquez-vous. Ça a besoin d'être tiré au clair. Vous êtes épatant pour ça. C'est assommant d'entendre répéter ça partout, à propos de tout. Mais c'est moins simple qu'on ne croit.

Il s'agite, agacé : « C'est *trop* simple. C'est *trop* évident... »

— Oui, oui, c'est ça. Vous avez trouvé : c'est si simple qu'on n'arrive pas... ce sont de ces choses qui vont de soi... On n'arrive pas à les décortiquer...

— Mais si, quoi, c'est bien simple... Ce

145

Monsieur, comment l'appelez-vous ? l'auteur des Fruits d'Or ? Bréhier, c'est ça... Eh bien, il voulait montrer quelque chose de plat, de convenu, de banal. Et pourquoi pas ? La platitude, ou la bêtise, ou la laideur, ou n'importe quoi, peut être l'excellente matière d'une œuvre d'art. Seulement cette platitude-là ne vous ferait pas le même effet que celle que vous sentez dans Les Fruits d'Or... Il s'arrête, soudain calmé. Il tient bien la chose toute entière maintenant. Il la ressaisit plus commodément... Il n'y a rien de commun entre la sensation que donne la platitude non voulue, non travaillée, la platitude à l'état brut, impure, nauséeuse, sournoise, celle qu'on perçoit vaguement soi-même, autour de soi, qui vous pénètre comme une vague odeur, et celle qui vous est montrée dans une œuvre d'art, maîtrisée... Mais j'enfonce des portes ouvertes...

— Mais non, parlez, vous ne savez pas quel bien vous me faites... Voilà ce qu'il faut leur répondre...

— Mais ils le savent. Ils font semblant. Ils essaient de vous rouler.

— Mais non, je vous assure. La plupart des gens ne cherchent pas à comprendre. On leur a dit ça : c'est fait exprès, et ça les a cloués sur place, ils ne savent pas très bien pourquoi. Et ils s'en servent à leur tour comme d'un mot de passe, d'un talisman.

— Eh bien, il ne vaut rien, leur talisman. La platitude, si vraiment Bréhier en avait fait la matière sur laquelle il travaille, il l'aurait décantée, condensée : du concentré de platitude, virulent, vivifiant, rayonnant, splendide. Ce n'est pas cette répulsion qu'elle provoquerait, cette sensation d'un contact répugnant... Elle prendrait ses distances... Elle serait un objet d'art... Elle éveillerait la joie. On serait exorcisé contre elle, sauvé... Tout serait différent, s'il l'avait fait exprès. Mais il ne l'a pas fait exprès justement. On lui a reproché, peut-être... ou il s'est aperçu après coup qu'il y avait des platitudes, des endroits où il n'était pas maître de sa matière, et il a voulu se sauver en disant : Mais je l'ai fait exprès.

— Oui, c'est vrai, oui, bien sûr, c'est un truc... les auteurs doivent s'en servir souvent, ils trichent ainsi. C'est du mélodrame ? Mais certainement. C'est ce que je voulais, parbleu, comment ne le voyez-vous pas ? L'autre aussitôt se sent confondu, il recule en rougissant...

— Mais je vais vous dire : ils le font peut-être exprès. Bréhier l'a peut-être voulu... Je n'en crois rien, remarquez... Mais s'il a voulu le faire exprès, il a raté son coup. Il ne l'a pas voulu comme il fallait. Il a laissé la banalité à l'état naturel, il l'a laissée informe, douteuse... Oui, c'est cela : douteuse. Voilà l'essentiel. Le lecteur la découvre comme il le fait dans la vie, par ses propres moyens. Il doit faire le travail. L'écrivain n'a pas fait le sien, il s'est laissé mener par cette platitude, il a épousé sa mollesse, sa confusion, il s'est laissé contaminer par son impureté. Il ne l'a pas domptée. Il n'a pas fait une œuvre d'art, mais du trompe-l'œil. C'est plat comme la réalité telle qu'elle apparaît à première vue. Voilà. Je vous ai fait un cours. Et pendant tout ce temps-là, vous vous moquiez de moi. Vous me faisiez marcher. Vous le savez mieux que moi, tout ça.

— Non, je vous assure. Je le sentais confusément. Mais c'est comme un écheveau que je ne parviens pas à démêler. Vous ne savez pas comme c'est nocif, ce truc-là. On vous le sort à tout bout de champ. Dès que les gens veulent défendre quelque chose de médiocre... vous savez, un de ces ouvrages qui, pour des raisons mystérieuses... je n'ai jamais compris par quel mécanisme... mais ça arrive constamment... des livres complètement nuls deviennent tout à coup tabous... Pas le droit d'y toucher... Vous vous rappelez quand tout le monde portait aux nues le petit... comment ? Comment déjà ? Mais si... il y a trois ans... Vous voyez qui je veux dire...

— Pithuit ? C'est de lui que vous voulez parler ?

— Oui, de lui, de lui, de lui, ha, ha, le petit Pithuit... Vous vous rappelez... la révélation du demi-siècle... le plus grand génie...

Collés l'un à l'autre, ne faisant qu'un seul corps comme le cheval de course et son jockey, ils s'élèvent, ils planent... « Le petit Pithuit, oui, elle n'était pas mal, celle-là... « L'Etrave », c'était cela... C'est comme ça qu'il s'appelait, hein, son bouquin ? » Ensemble, sans effort franchissant l'obstacle, ils retombent... « Un véritable pastiche, n'est-ce pas ? Vraiment très mauvais... » Maintenant, mon bon coursier, encore juste ceci pour finir, encore juste cette dernière haie, nous allons la franchir, à nous deux, nous sommes sûrs de vaincre, rien ne peut briser notre élan, allons, encore une fois, pour cette dernière épreuve, en avant : « Et « Les Masques », de Boully ? Dites-moi, qu'en avez-vous pensé ? » — Boully ? Mais la même chose que vous, sûrement. Il y a là des dons certains. Ce n'est peut-être pas aussi important qu'on le dit, mais... mais... — Oui, je suis entièrement d'accord... J'ai pensé exactement comme vous. Ce n'est pas nul, loin de là. Ce n'est pas quelque chose d'indifférent...

Maintenant, redressés, tous leurs muscles relâchés, se balançant nonchalamment, de-ci de-là ils se promènent, ils flânent... « Ah c'est bien étrange, ces engouements... ces partis pris, tout à coup, pour n'importe quoi... Cette passion, cet acharnement des gens... Et puis ça se défait, on ne sait trop comment... — Oh, ça se défait... Il faut parfois des années, il faut parfois une ou deux générations... C'est tenace, certaines réputations... Tenez, Varenger, par exemple... Je ne sais pas si vous êtes comme moi, mais sa poésie... »

Qu'est-ce que c'est ? Que se passe-t-il ? Il n'y avait rien pourtant, pas le moindre obstacle à franchir, ni fossé, ni haie, on se promenait au pas en terrain parfaitement plat, et il a buté, voilà qu'il se cabre... « Ah non, là je vous arrête. Halte-là. Non, pour ce qui est de Varenger, ça non. Ses « Méandres » sont un vrai chef-d'œuvre. Alors là, pas de blague, hein ? C'est une merveille. » Le pauvre cavalier, désarçonné, tombe, il est traîné sur le sol boueux, piétiné... « C'est aussi grand que Mallarmé. Il n'y a personne aujourd'hui... personne ne lui vient à la cheville... C'est bien plus fort que Valéry... »

Encore étourdi, flageolant, tout meurtri, il se relève, il court... Arrêtez, ne m'abandonnez pas, voilà, j'arrive, attendez-moi... « Je ne rejette pas tout en bloc, naturellement, je reconnais que Varenger dans ses premiers poèmes... Il a écrit dans sa jeunesse des vers excellents... »

151

— Non, pas du tout. Mais absolument pas. Les poèmes de sa jeunesse étaient charmants, mais ceux de sa maturité sont de loin les plus beaux. Toute sa force, toute sa science, c'est plus tard qu'elles lui sont venues. Tenez, je n'ai pas de mémoire... mais ça, par exemple — c'est dans le recueil de Sources — ça, qu'en dites-vous, ça, tenez : *Silex furtifs du jour survivant scellant les amphores du ciel.* Hein, qu'est-ce que vous en pensez ? Ne me dites pas que ce n'est pas beau. Et cela : *Et le feu et l'azur...* mm... mm... ma nuit... dépouillent... non... ce n'est pas ça... Non... Voilà... C'est étonnant : *Et le feu et l'azur décharnent ma nuit.* Tout dans ce recueil admirable est à l'avenant.

Attendez, je vous suis... On ne peut pas se quitter ainsi, quand on a, dans une fusion si parfaite franchi tant d'obstacles, parcouru ensemble un monde conquis. On ne lâche pas si brutalement son fidèle compagnon... Je ne peux pas supporter de me retrouver seul comme avant, de recommencer à errer sans soutien, titubant, ballotté de tous côtés... Je ne veux pas vous quitter... Vers vous je tâtonne... Voilà, je crois que j'y arrive, j'ai saisi quelque chose, vous êtes là, je vous touche... *Et le feu et l'azur décharnent* (pourquoi décharnent, mais non, peu importe, ce n'est rien, décharnent — c'est très bien), *Et le feu et l'azur décharnent ma nuit.*

Faisant place nette en lui-même, il laisse cela pénétrer : *Silex furtifs. Azur. Amphores. Feu et ciel.* Il suffit de s'abandonner, de ne pas résister, de ne pas se crisper, ce ne sera rien... comme on vous dit quand on vous fait un sondage d'estomac en vous introduisant dans la gorge le gros tuyau de caoutchouc à l'odeur écœurante... ça passera comme une lettre à la poste, vous verrez, ça passe... voilà... *Nuit. Azur. Amphores* et *ciel...*

Il a une sensation, tout à coup, d'apaisement... Une sensation presque agréable, familière, intime comme celle que donnent les nourritures qu'on absorbait dans son enfance, comme la saveur candide et tendre des bouillies, des tartines beurrées, du lait... *Azur. Azur et feu du ciel, Nuit décharnée, Amphores, Sources scellées...* Pourquoi se retenir, pourquoi ne pas se laisser aller, s'ouvrir

à cela... Oui, c'est beau. C'est très beau...
Et le feu et l'azur... Mais cela s'enfonce en lui
lourdement, tout mou, répugnant... Il a envie
de l'expulser, il se contracte, se tord... « Non,
vous savez, il n'y a rien à faire. C'est mort,
c'est fabriqué à froid, une substance inerte,
fardée au goût du jour, avec toujours le vieil
appareil, l'instrument poétique immuable...
Ces mots obligatoires, la tenue de rigueur de
la poésie... il n'y a rien à faire, je ne peux pas
supporter ça, je ne vous suis plus. »

A ces cris de désespoir, l'autre tourne vers
lui son regard surpris, légèrement apitoyé,
l'autre à l'estomac d'autruche, l'autre au sourire stupide, l'autre insensible et grossier...
l'autre, esclave misérable avec lequel il s'était
acoquiné, qu'il avait juché sur un trône,
devant lequel il s'était incliné, flatté de saisir
sa main tendue, roi de cirque couronné de
carton, faux prophète... C'était ça, le sauveur,
le hardi compagnon. Et lui-même tout fier
de lui ressembler si parfaitement, d'adhérer
si étroitement... se gaussant, tout gonflés, de
ceux qui admirent L'Etrave, Les Fruits d'Or,
riant tous les deux... Rires obtus de brutes,

bavardages d'ivrognes... Grosses tapes sur l'épaule, penchés l'un vers l'autre, titubant, enlacés... Ho, ho... ils disent que c'est fait exprès... Ho, ho, comme c'est tordant... Dis-moi, toi le grand docteur, qu'est-ce que tu en penses ? C'est fait exprès ? Eh bien, attends... le doigt mou trace une courbe dans l'air, se pose sur le nez... Tu dis que c'est fait exprès, mon vieux ? Mais ça ne tient pas... je vais t'expliquer... Voix grasse... hoquets... et lui-même, avec son visage béat, sa bouche entrouverte, son œil luisant et son rire satisfait d'idiot.

Le voilà pris. Il est tombé dans le piège. Impossible de s'échapper. Et par sa propre faute, comme toujours. C'est le joli résultat de ce qu'il nomme pour se rassurer sa grande délicatesse, sa générosité : cette faiblesse qui le rend, comme tout à l'heure — ça n'a pas manqué — incapable de résister au moindre compliment, qui le fait rougir, palpiter, se rétracter, s'offrir... « Mais non, vous exagérez... J'ai écrit cette étude si vite, au fil de la plume, il aurait fallu avoir plus de temps... Mais vous me dites que Brulé, vraiment, cela me surprend tellement de sa part... » Encore, juste encore un peu, il se tend, c'est trop délicieux... là, là... ces caresses, ces tapotements... « Mais bien sûr, les oreilles ont dû vous tinter. Si vous aviez entendu comme Brulé en parlait. C'est lui, d'ailleurs, Brulé, qui me l'a signalé, parce que moi, Les

Fruits d'Or, vous savez, moi, il y a quelque chose... Mais Brulé m'a dit : lisez donc l'article de Parrot. C'est magistral. Vous serez fixé. » Il a envie de crier grâce... c'est trop... il pousse de petits geignements effrayés... « Vraiment ? Et moi qui avais voulu le refaire... Je n'en étais pas content... — Non, c'est vraiment très beau. Votre meilleur. D'une ampleur... d'un éclat... Mais un reproche, pourtant, si je peux me permettre... — Mais bien sûr, voyons... il s'abandonne, il s'offre encore, ravi, après toutes ces caresses, à cet exquis, à cet à peine douloureux mordillement... — Cette seule réserve pourtant, mais vous ne vous vexerez pas ?

— Me vexer ? Mais au contraire... dites, ne vous gênez pas. C'est plus utile que les compliments... C'est si rare qu'on vous dise sincèrement...

— Eh bien, ce que j'aurais, moi, reproché à cette étude en tous points remarquable, c'est qu'elle manquait de citations...

— Tiens, oui, c'est vrai, oui, vous avez peut-être raison... j'aurais dû...

— Parce que ça, voyez-vous, ça m'aurait

montré exactement... Parce que, parfois, en vous lisant... C'est si bien... On se dit... Je me suis demandé par moments si tout de même vous ne leur prêtiez pas généreusement, à ces Fruits d'Or... Est-ce que vous ne comblez pas.. Si vous vouliez... Je m'étais promis, quand je vous verrais... Tenez, je l'ai là... Juste un passage... pour que je me rende compte... Quelques lignes choisies par vous, pour me montrer...

Même maintenant, il serait encore temps. Il pourrait encore, se rejetant en arrière d'un bon coup de reins, s'arc-boutant contre le dossier de sa chaise, un sourire satisfait sur sa lippe ricanante, repousser du revers de la main le livre qu'on lui tend et planter brutalement son regard dans les yeux de l'insolent : Mais, mon cher ami, vous n'y pensez pas ? vous plaisantez... Qu'est-ce que vous voulez, que je vous apporte des preuves ? Que je produise devant vous mes pièces à conviction ? Vous voulez me faire passer un examen ? que je vous persuade que je ne vous ai pas trompé, que j'ai bon goût ? Il pourrait faire céder les barreaux de la cage où il s'est laissé enfermer, la faire voler en éclats, sortir et les regarder qui reculent, s'écartent lâchement, abandonnent à son sort le pauvre inconscient.

Mais lui, jamais. Il n'est pas une de ces brutes, une de ces bêtes mues par un obscur instinct, qui ne se laissent jamais capturer, qui, à la moindre sensation de danger, au bruissement, au froissement le plus léger, tous leurs muscles bandés, leurs yeux soudain féroces aux aguets, leurs crocs en avant, font un de leurs terribles bonds. Non, il n'est pas cela.

Pour qu'il se permette de repousser cet homme, son semblable, qui le sollicite avec tant de confiance, avec une si touchante candeur, ce brave homme avide de s'instruire, plein de bonne volonté, d'admiration, pour qu'il se permette à son égard tant d'arrogance, combien ne lui faudrait-il pas, à lui, de minutieuses analyses, d'expertises et contre-expertises, de profondes réflexions qui le feraient aboutir à la certitude dont il a absolument besoin, qui lui feraient acquérir l'assurance qu'il se trouve bien en présence d'un imposteur. Et d'ailleurs, ne vaut-il pas mieux, pour avoir la conscience tout à fait tranquille, pour ne pas courir le risque, si infime soit-il, de refuser à un authentique indigent, donner même à un imposteur ? Mais, dans le cas présent, rien n'autorise à penser que l'homme au visage ouvert et bienveillant qui lui tend le livre avec simplicité est en train de le prendre au piège. Quelle idée ! Qu'y a-t-il là de suspect ? Tout est normal. Parfaitement en règle. Quand on a affirmé quelque chose, il faut pouvoir apporter des preuves à l'appui. Nos lecteurs, c'est certain, ont sur nous quelques droits. Noblesse oblige.

Il prend le livre, il l'ouvre... « Vous savez que vous m'embarrassez... mais enfin, si vous voulez... Tout est beau dans Les Fruits d'Or... n'importe quoi... »

Mais que se passe-t-il ? Où est cette fraîcheur tendre, ce duvet... cette grâce négligente et comme distraite... cette ligne... cette vibration... Ce qui se dessine sous ses yeux est gauche, mince, gracile, décharné... figé dans des poses prétentieuses, mignardes... Il tourne la page... Non, pas cela, ça ne va pas... Là, peut-être... Mais là aussi... Mais que lui arrive-t-il ?

Mais c'est d'eux que cela provient, de celui-ci qui l'a provoqué et qui l'observe maintenant, qui se tait... Il y a quelque chose dans sa présence silencieuse, dans leur silence à tous, assis en cercle autour de lui, dans leur attente lourde de méfiance, qui, comme par un effet de succion, tire de ces mots qu'il lit toute leur sève, pompe leur sang, ils sont vidés... des petites choses desséchées...

Il tourne une autre page... Tous les mots maintenant sont comme durcis, vernis, trop brillants... on dirait que de ce silence, de ces regards un courant sort, une substance coule, se répand... Comme sous l'effet de la galvanoplastie, tout se recouvre d'une couche de métal clinquant.

Il faut rompre le charme, détourner le mauvais œil, il faut saisir n'importe quoi et le leur jeter, ne plus hésiter... « Ici, par exemple... ce passage-ci, moi je le trouve admirable. Ce début de chapitre, quand Olivier regarde par la fenêtre avant de quitter la maison... »

De toutes ses forces ramassées, il cherche à détourner ces ondes maléfiques qu'ils émettent... Et voilà que dans ces mots, dans ces phrases apparaît comme un à peine perceptible gonflement... cela palpite doucement... Il se décide, il s'éclaircit la voix... mais les mots, dès qu'il les prononce, pareils à des bulles qu'on envoie dans un air trop lourd, s'amenuisent, se réduisent, il ne reste presque rien, il n'y avait rien... « Non, ce n'est pas ça... ça ce n'est pas très bon... » Il tourne les pages, il feuillette... il n'y a plus une seconde à perdre... ils attendent, ils l'observent... « Je ne sais pas pourquoi j'hésite... Ce passage-là est splendide... C'est admirable. » Allons, il faut montrer un peu d'audace. Ont-ils oublié qui il est ? N'a-t-il donc rien conservé de son prestige, de sa puissance ?

Non. Il a tout perdu. Il est seul, démuni. Il a été attiré hors de la protection de cette enceinte fortifiée où il se tenait, de cette place forte que formaient autour de lui ses travaux, ses livres, ses articles, son style dur, haut, fermé, imprenable, ses phrases ciselées comme des canons de bronze au tir précis et puissant qui tenaient en respect les assaillants.

Il a accepté de sortir. Il a relevé le défi et il s'avance seul en terrain découvert. Mais il n'a plus peur, noblesse oblige. Sa voix s'élève claire, ferme... plus un vacillement... il lit lentement, articulant chaque mot, comme le chargeant pour le rendre plus dense, plus pesant, et le projetant de toutes ses forces sur leur cercle immobile qui l'écoute en silence.

Mais les mots scintillants et légers volettent un instant et retombent autour de lui, s'éparpillent... Sa voix baisse, il s'enroue, il se dépêche, il voudrait fuir, tandis que leur cercle se resserre, tous les yeux sont fixés sur lui : voilà donc ce qu'il nous offre, voilà les trésors que ce connaisseur nous a vantés. Ces pauvres choses... La loupe enfoncée dans l'orbite de l'œil, ils se penchent, ils se redressent et le regardent... il entend des toussotements gênés... « C'est très beau. »

« C'est très beau. » Au moment voulu, sans une seconde de retard, sans un raté, le mécanisme s'est déclenché, la lourde machine dévale sur lui, sur eux, écrasant tout.

« C'est très beau... » comme le pavé de l'ours. Il gît écrasé, sanglant, et tous détournent les yeux.

Des yeux vidés de toute expression tournent légèrement dans leurs orbites : le pauvre bougre attend qu'on lui donne quelque chose... chacun hésite, un peu confus, chacun fouille, mais elle... voilà, j'ai ce qu'il faut, tenez, mon brave, prenez : « C'est très beau. »

Un regard impérieux parcourt l'assistance : oublie-t-on que toute personne bien née, en présence d'un roi détrôné continue à respecter les règles que l'étiquette impose ? Voyez, je vous donne l'exemple : devant cette altesse déchue, avec une déférence attristée, avec une pitié tendre, avec nostalgie, comme autrefois je m'incline : « C'est très beau. »

Tous complices, se comprenant sans une parole, serrés les uns contre les autres bien au chaud, et lui tout seul, à l'écart, lui, fait d'une autre substance, lui, privé de conscience, ne se rendant compte de rien, incapable, soyez tranquille, de percevoir la tromperie, la dérision. Avec lui, aucune précaution à prendre, n'importe quelle camelote fera l'affaire, il se contentera de n'importe quoi de bien voyant : appuyant avec outrance, roulant les r très fort pour marquer la conviction, tous les mots gonflés de faux enthousiasme : « C'est trrès beau. »

« C'est trrès beau. » Dans le silence les mots explosent. Il est criblé d'éclats. Il tâtonne au hasard et arrache ce qui s'enfonce en lui et le déchire : leur dédain, leur pitié, cette complicité sournoise entre eux, cette conviction qu'ils ont de son inconscience, de sa jobardise... il arrache tout cela, il se redresse : un homme lucide et fier, son regard leur fait détourner les yeux : « Non, je crois que vous exagérez. Ce passage est tout au plus assez bien venu. Une lecture, comme ça, un peu au hasard, ça ne peut jamais donner grand-chose... Et après tout, peut-être me suis-je trompé... »

« Je voudrais qu'on m'explique, j'aimerais bien que vous me disiez... c'est vraiment extraordinaire... cela mériterait vraiment d'être examiné de près, d'être étudié... » Violant tous les accords tacites, les pactes secrets, enfreignant les règles que le respect d'autrui impose, que dicte la pudeur, bravant tous les interdits, il s'élance, insoucieux des obstacles, des pièges dressés sur son chemin... de celui-ci, là, devant lui, mais il le voit parfaitement, il le connaît... « Je sais que je suis ridicule. C'est ridicule de jouer les Alceste, mais ça m'est bien égal, tant pis... » Voilà, d'un bond, en souriant, il l'a franchi, il fonce... « Il faut absolument que vous m'expliquiez, je suis sans doute idiot, il y a quelque chose que je ne comprends pas... Comment cela se produit, ces choses-là, par quel mécanisme mystérieux ?... Tant de choses moins importantes sont depuis longtemps connues, classées... ça vaudrait la peine de s'en occuper... l'Art... il sent qu'il glisse légèrement et l'autre, amusé, le regarde qui vacille, qui va s'étaler... mais il se redresse aussitôt : Non, pas l'Art avec un grand A... Ne disons pas l'art, c'est un bien grand mot... disons la littérature, c'est plus précis... elle a tout de même son importance, c'est quelque chose qui compte pour un grand nombre de gens... eh bien, comment se fait-il qu'à tout moment on assiste à ces extraordinaires revirements sans que personne paraisse s'en étonner, sans que personne s'en préoccupe... c'est comme des hallucinations collectives, ces énormes engouements sans qu'on sache très bien pourquoi... et du haut en bas de l'échelle littéraire... les plus grands critiques, les écrivains... tous comme un seul homme... Tenez, en ce moment... pour Les Fruits d'Or... Il y a encore peu de temps, vous vous rappelez ce qui se passait ? Je me souviens qu'un jour, j'avais à peine cillé, même pas cillé — comment aurais-je osé ? — j'avais dû faire à mon insu un de ces mouvements intérieurs imperceptibles... mais les autres, pour peu qu'ils soient sur le qui-vive, les sentent, je ne sais comment... et aussitôt une brave dame m'a rappelé à l'ordre, très sûre d'elle, soutenue par tous : Vous n'aimez pas Les Fruits d'Or ? Je me suis récrié. Elle m'a regardé d'un air menaçant : Parce que vous savez, si vous n'aimiez pas ça, c'est vous que cela jugerait, pas Les Fruits d'Or, ce chef-d'œuvre...

L'autre qui écoute sans rien dire, l'autre saisi par-derrière et maintenu serré, n'essaie pas de se débattre. Parfaitement immobile, comme insensible, il se laisse griffer, pincer, bourrer de coups, il fait le mort.

« Et puis, il me semble, hein ? que ces derniers temps, c'est en train de changer. Il y a comme un revirement... On n'insiste pas, on glisse à un autre sujet... il y a dans l'air comme des réticences. Pourquoi, tout à coup ? Que s'est-il passé ? Ne me dites pas qu'on s'est aperçu de quelque chose. Ce serait trop beau. Qui relit ? Qui va y regarder de près ? Mais c'est comme si on s'était donné le mot. Pour quelle raison ? Comment ? Où ? Alors qu'il n'y a aucun critère de valeur. Aucun. Vous avez vu l'exposition des toiles célèbres de 1900 ? Hein ? Quelle leçon ! C'est atterrant... De toutes ses forces que tendent l'indignation, la fureur, une joie féroce de destruction, il secoue l'édifice entier. Que tout croule et les écrase tous, qu'il périsse, lui aussi avec eux... On en vient à se demander si même ceux-là... ses lèvres sacrilèges prononcent des noms sacrés... si même eux tiendront. Si ce n'est pas de la frime, tout ça, hein ? Qu'en sait-on ? »

Et voilà que la masse inerte en face de lui se met à remuer, se soulève : « Mais dites-moi, qu'est-ce que ça peut bien vous faire, au fond, tout ça ? »

L'énorme remous l'entraîne, il roule, perdant pied. Il se débat comme un insecte qu'un souffle a renversé et qui bat l'air de ses petites pattes affolées, cherchant à se raccrocher... « Mais... mais comment... comment qu'est-ce que ça me fait ? »

On le prend, on le pose sur un doigt et on l'inspecte de près : « Vous êtes drôle. Vous ne vieillissez pas. Vous avez les exigences, les indignations des adolescents. Leur goût de l'absolu. Vous tenez absolument à savoir. Est-ce bon ? Est-ce mauvais ? Il vous faut des règles impérieuses qu'il serait obligatoire d'appliquer. Vous voulez à toute force qu'il y ait une vérité à laquelle on soit contraint de se soumettre coûte que coûte. Le terroriste — c'est vous, mon cher... L'Art, comme vous dites, une œuvre d'art n'est jamais une valeur sûre. C'est bien connu, c'est évident. On se trompe beaucoup, c'est naturel. Comment savoir ? Qui peut dire qu'il sait ? Même pour les valeurs les plus éprouvées, les chefs-d'œuvre du passé, on voit tout à coup des revirements, on assiste à de brusques engouements... Stendhal, vous vous rappelez, il n'y a pas si longtemps... Et puis ça se calme. Pourquoi ? Les goûts changent. Il y a à certains moments certains besoins. Et après on veut autre chose. Comment voulez-vous empêcher les gens de suivre la mode, ici comme en tout ? Qui se trompe ? Qu'en restera-t-il ? Mais que veut dire restera ? Restera pour qui ? Jusqu'à quand ? Comment prévoir ? Voyez l'art grec classique tant adoré...

Quelle éclipse il a subie... Et peut-être qu'un jour, il sera de nouveau porté aux nues... »

Inquiétants clapotis... On s'enfonce... C'est vers ces terres spongieuses qu'il s'était élancé, c'est elles qu'il avait voulu défricher, la hache, la torche à la main... « Les Fruits d'Or, puisque vous m'en parlez... Vous avez l'air de ne pas l'aimer... Moi, je l'ai toujours soutenu. J'ai peut-être eu tort. Bien sûr, ce n'est pas parfait, on peut y trouver des faiblesses, mais je crois, pour ma part, que c'est un livre de valeur. Eh bien, vous-même, peut-être, dans quelques années, vous reviendrez là-dessus, vous vous direz que vous vous étiez montré trop intransigeant... »

A perte de vue l'on ne perçoit que de grises étendues bourbeuses. Des formes inertes en émergent, tournant mollement au gré d'invisibles remous... « En tout cas, à un certain moment, bon ou mauvais, il aura compté pour bien des gens... et des meilleurs... A tort ? A raison ? qu'en savons-nous ?... Durera-t-il ? comment savoir ?... Et, entre nous, quelle importance ? »

Oui, c'étaient de bons moments. Ah, elle n'aurait voulu avoir manqué cela pour rien au monde... Et ils ont manqué cela. Quel dommage, elle le regrette pour eux. Vraiment, c'était passionnant... On vivait en pleine terreur. Personne n'osait broncher. Ceux qui se permettaient de faire la moindre réserve étaient aussitôt toisés de très haut, taxés d'insensibilité — des brutes, des demeurés. C'est tout juste si entre soi, dans la plus stricte intimité, dans le plus grand secret on osait chuchoter... Et ils ne s'en privaient pas, Jacques et elle, on peut l'en croire. Parfois en rentrant chez eux encore tout éberlués, tard dans la nuit ils discutaient, s'indignaient... car il faut le dire sans se vanter, lui, Jacques, dès le début n'a jamais marché. Jamais Jacques ne s'en est laissé accroire. Il ne s'en laisse jamais conter sur ces choses-là. Le monde entier pourrait se liguer, les plus grands esprits, les critiques les plus réputés, que lui, Jacques, ils ne le feraient pas changer d'avis d'un iota.

Elle ne se lassera jamais de l'admirer... Ce sont des gens comme lui, si purs, si intègres, si forts, grâce à qui ont toujours pu s'affirmer les vraies valeurs. Ils sont les rocs contre lesquels viennent battre les flots du conformisme, de la veulerie, de l'hystérie... A mesure que leur nombre augmente, à mesure que passe le temps, par la force invincible de leur conviction les œuvres périssent ou survivent. L'art, grâce à eux, poursuit sa marche. Et pourtant que font-ils d'extraordinaire ? Jacques le lui dit souvent, modeste, détaché comme il est... il suffit de se laisser aller, il suffit de s'abandonner à sa sensation, de s'y accrocher, de ne rien laisser s'interposer, d'entrer toujours en contact direct, intime, avec l'objet... quoi de plus simple ? S'ils avaient été ainsi, indépendants, spontanés, attentifs comme lui, ils n'auraient pas manqué cela, ils auraient eux aussi connu de tels moments. Mais elle ne leur en veut pas, maintenant que la lutte s'achève, que les passions s'apaisent, maintenant qu'on peut enfin sortir de la clandestinité et au grand jour étaler les péripéties du combat, conter certains hauts faits... Elle veut bien, au contraire, les faire participer — de loin, bien sûr, il est trop tard — à ce qu'ils ont vécu, eux, les premiers résistants...

Il y a eu des jours, elle doit l'avouer, où elle-même a flanché. Elle a eu des doutes. Elle s'en souvient, un soir que Mettetal en avait parlé, avait déclaré que, foi de Mettetal, s'il y avait un livre de ce temps qui survivrait, ce serait bien celui-là, en rentrant, elle avait rouvert Les Fruits d'Or, une fois de plus, et, elle l'avoue à sa grande honte, elle avait trouvé ça très bon. Mais Jacques s'était moqué d'elle : « Tiens, tu vas voir, il lui avait dit cela, tiens, je vais te montrer comment c'est fait... C'est très amusant... » Oui, elle veut bien partager avec eux, elle comprend leur regret, leur nostalgie... Il est bon de leur donner, même après coup, cette occasion de prendre parti, cette chance de se racheter. Il est bon que ceux qui se rebiffent encore soient contraints, qu'ils le veuillent ou non, de paraître au moins se rallier... car les temps ont bien changé. Pour rien au monde, n'est-ce pas, il y a seulement un an, on n'aurait pu raconter cela... Oui, Jacques m'a dit : Je vais te donner une preuve de ce que ça vaut... Il est parti pour dix minutes dans son bureau et quand il est revenu... Mais Jacques, qu'est-ce que tu as ? Tu ne veux pas que je leur raconte ?

Mais bien sûr qu'il ne veut pas... il n'a pas la moindre envie, bien sûr, de les étonner, de les séduire, il ne tient pas du tout à les convaincre... Pour quoi faire ? Qu'importe ce qu'ils pensent ? Ils ne comprennent rien à rien. Il fait un léger mouvement, il ébauche un geste de la main pour l'arrêter...

Mais à quoi bon ? Comment la retenir quand elle se lance ainsi à corps perdu pour imposer la justice, pour faire éclater la vérité ? Comme si la vérité et la justice avaient besoin d'elle pour se défendre... comme si tôt ou tard, qu'on le veuille ou non... Mais elle veut absolument précipiter le mouvement, devancer le sort.

Elle a cette candeur d'imaginer qu'il suffit de crier très fort, de bien affirmer... On dirait que les gens à ses yeux ne sont jamais rien d'autre que leur apparence. Derrière leurs faces immobiles elle ne voit rien. Rien qu'une substance malléable à laquelle elle peut à sa guise imprimer une forme, croyant avoir réussi quand leurs sourires, leurs regards lui montrent ce qu'elle veut voir. Maintenant elle ne perçoit en eux rien d'autre qu'un air d'aimable curiosité, de sympathique attente. Et elle fonce, piétinant les susceptibilités, marchant sur la queue des serpents... elle ne voit pas comme devant la menace d'une exaction qui pourra les obliger — ils détestent qu'on leur force la main — à puiser dans leurs réserves précieuses de sympathie, d'admiration, ils se mettent aussitôt sur leur quant-à-soi, mobilisent leur défiance, leur ironie, leur esprit critique qui porte à faux le plus souvent... en ce moment même où il est évident que la répugnance qu'il montre à s'exhiber et son insistance à elle les font apparaître à leurs yeux comme un de ces couples admirablement entraînés, ces voyantes et leurs comparses, ces Lud et Ludila qui de la salle à l'estrade échangent leurs questions et leurs réponses devant un public ébaubi et méfiant.

Mais qu'ils voient et pensent ce qu'ils veulent. De toute manière il est trop tard. Il s'en lave les mains, qu'elle raconte ce que bon lui semble... — Non, pourquoi... Je crois seulement que ça... — Mais si, Jacques... Non, écoutez... C'est vraiment passionnant... Jacques revient au bout de dix minutes... Mais dix minutes, pas plus. Et qu'est-ce qu'il me montre ? Mais une page de Bréhier qui pourrait figurer dans Les Fruits d'Or exactement. Tout y est. Et le fameux charme... et la grâce... Et le rythme, l'into-nation, les images, les sensations... Mais je vous le jure, c'était à s'y méprendre. Mais ça, ce n'est rien... Attendez. Ils attendent. Quel tour d'adresse va-t-on encore leur montrer ? Avec quelle performance veut-on encore les étonner ?... Vous allez voir. C'est le plus beau... Un soir qu'un des plus fervents ado-rateurs des Fruits d'Or est venu à la mai-son... je préfère ne pas le nommer, mais c'est

177

un grand connaisseur, il a étudié ça de très près, il en a énormément parlé... j'ai eu l'idée — j'avoue que j'avais très peur — de lui montrer le texte de Jacques... tapé à la machine naturellement, Jacques n'écrit jamais à la main... Je lui ai dit — je ne sais pas quel diable me pousse dans ces cas-là... Je reconnais que je n'aurais pas dû le faire, c'était terrible... mais je voulais absolument savoir — je lui ai dit : « Qu'en pensez-vous ? C'est un texte qu'un ami de Bréhier m'a passé. Ça devait figurer dans Les Fruits d'Or. Et puis Bréhier l'a supprimé, il a trouvé que ce n'était pas dans le sujet, je ne sais pas pourquoi. Mais lisez ça. Qu'est-ce que vous en pensez ? » Eh bien, vous savez comment il a réagi ? Vous savez ce qu'il a dit ?

Il la regarde, impuissant, paralysé, il ne peut rien pour elle, tandis que sur les charbons ardents qu'attise et porte au rouge quelque chose en eux... il l'entend... cela souffle et siffle doucement... intrépide, elle s'avance : « Et vous savez ce qu'il a dit ? » Non, ils ne savent pas. « Il a dit : C'est admirable. C'est ce que Bréhier a fait de mieux...

il a dit ça. C'est une pure merveille. Un de ses plus beaux textes. Jacques commençait, je dois dire, je le voyais, Jacques commençait à éprouver une satisfaction d'auteur... Si, si, Jacques, ne dis pas non... Il était là qui se rengorgeait... Vous auriez dû le voir. C'est que l'ami en question ne tarissait pas d'éloges. Il s'arrêtait à chaque phrase. Il y découvrait des trésors... des intentions... C'était plus fort, c'était plus mûr encore que tout ce qu'il avait lu dans Les Fruits d'Or. Etonnant. Génial. Voyez cette image. Cet envol de la phrase... Si vous l'aviez entendu... C'était impayable... Moi je finissais par avoir peur. Je ne m'attendais pas à tout ça, je n'avais pas voulu aller si loin... Je n'osais pas lui avouer... Mais c'était d'une drôlerie... » Voilà. Le numéro est achevé. Qu'en pensent-ils ? Ce n'est pas mal, hein ? Une belle performance...

Personne ne bouge. Qu'attendent-ils donc ? Son regard tourné en elle-même paraît revoir attentivement toute la scène, passer en revue chaque détail pour s'assurer de sa qualité, pour se rassurer... elle hoche la tête... ah la la... ah, c'était drôle... elle rit... son rire déferle

en cascades légères comme pour les entraî-
ner... ah, ah, ah, c'était tordant...

Une voix un peu éraillée, enfin lentement
comme avec difficulté s'ébranle... « Oui, ça
devait être pas mal... La voix pesamment se
traîne... Je m'imagine... Mais j'avoue que je
ne vois pas très bien, pour ma part, ce que
ça peut prouver... Qu'est-ce que ça prouve,
une chose comme celle-là ? »

— Comment... Elle jette autour d'elle des
regards effarés... Comment, qu'est-ce que ça
peut prouver ?

— Eh bien oui, qu'est-ce que ça prouve ?
Les plus belles œuvres peuvent être pasti-
chées... La voix avec assurance s'étale... On
peut faire un beau pastiche de Shakespeare...
Ma fille vient d'écrire une très belle lettre de
Madame de Sévigné.

Elle s'agite, elle bouillonne... « Mais Jacques, toi... » Mais qu'il fasse donc quelque
chose... il est si habile, si fort... ses yeux
fixés sur lui, tout son visage enfantin lui
crient cela... « Mais toi, Jacques, tu trouvais
aussi... » Mais bien sûr, il va faire cet effort,
maintenant qu'elle est allée — pauvre petit

180

étourneau... ne l'avait-il pas prévu ? — se mettre dans ce mauvais cas, bien sûr, il ne l'abandonnera pas : « Non là, vraiment, je ne vous suis pas... Je trouve que ma femme a raison... »

— Ah vous trouvez ? Eh bien, j'aimerais que vous m'expliquiez ça...

Voilà... Mais qu'elle ne s'impatiente donc pas ainsi, qu'elle ne tremble pas, elle l'empêche de rassembler ses esprits... voilà, tout de suite, il va trouver... il faut en attendant parer au plus pressé, saisir ce qu'il a toujours sur lui, à portée de la main, ce qu'il garde toujours en réserve pour des moments pareils, et le leur lancer pour se laisser le temps de se retourner, pour les tenir à distance... comme ces allumettes que l'homme cerné en pleine nuit par une meute de loups frotte en hâte et leur jette pour les faire reculer : « Oh je vous en prie, ne me forcez pas à enfoncer des portes ouvertes... »

Ils paraissent un peu décontenancés, comme il s'y attendait, on dirait qu'ils se bousculent un peu en désordre. Et puis, comme il s'y attendait aussi — mais l'important était de gagner quelques instants — les plus hardis, les plus intelligents, à qui ces courtes flammes aussitôt éteintes ne donnent jamais bien longtemps le change, se rapprochent, les yeux luisants, et les autres les suivent à distance : « Enfoncer des portes ouvertes, c'est très joli... Mais tout de même, expliquez-nous ça. Nous avons sans doute besoin qu'on nous apprenne des choses très simples... »

— Eh bien voilà... Il a ce qu'il faut, cette fois... Voilà, c'est évident : si l'imitation est meilleure que ce qu'on imite — c'est ça l'important — si ce qu'on a copié est moins bon... Si on a pu...

— Mais une page, qu'est-ce que c'est ? J'écrirai une page qui paraîtra prise dans « Adolphe », qui pourra paraître meilleure qu'une page d' « Adolphe ». Et après ?

Elle n'y tient plus, elle veut s'interposer... « Mais que ce soit meilleur, meilleur... » Il lève la main comme pour l'écarter, qu'elle les laisse entre eux maintenant, elle ne fait que le gêner... « Ah non, par exemple... Ah non, là c'est moi qui ne vous suis pas. Une page

— c'est suffisant. Une seule page vraiment mieux réussie qu'une page de Benjamin Constant, mais vraiment meilleure, plus forte en tous ses points, cela suffirait. Il n'y aurait pas de doute possible, la preuve serait faite. Il ne vaudrait pas grand-chose, dans ce cas, Benjamin Constant... »

— Pourquoi ? L'imitateur pourrait avoir encore plus de génie que Constant...

Sur plusieurs visages des sourires s'esquissent...

Sans tourner la tête vers elle, il sent sur lui son regard tendre, inquiet, très légèrement apitoyé. Mais rira bien qui rira le dernier. Leurs sourires insolents vont s'effacer... « Mais vous savez ce que vous défendez là ? Hein ? Vous savez ce que ça veut dire qu'une copie est plus réussie qu'une œuvre authentique ? Vous savez ce que vous prônez ? Mais tout bonnement l'académisme. »

— Oh il croit nous assassiner... Oh que les mots vous font donc peur...

— Non, les mots ne me font pas peur. Mais ça veut dire quelque chose, un mot. Et académisme c'est bien le mot qu'il faut. A vous entendre, il serait tout à fait possible qu'un pasticheur ait plus de génie... Eh bien non, justement. Parce que c'est mort, vous le savez, c'est forcément mort, une copie... Pas de sensation spontanée, neuve, pas de contact direct avec une substance intacte, inconnue... L'académisme, c'est ça. Vous le savez parfaitement.

— Mais pas du tout, ça dépend... De grands artistes copiaient... Des têtes lourdes de savoir s'inclinent, on entend des chuchotements... « La Fontaine et Esope... Shakespeare et Marlowe... Et Racine donc... »

Mais un geste plein d'autorité vient arrêter cette dissipation... « Allons, ce n'est pas sérieux, voyons... Il a raison. On ne peut pas à propos d'eux parler d'imitation. Ils ont repris les sujets, mais le sujet, quelle importance... Simple prétexte... Non, vous ne battrez pas Jacques sur ce terrain. C'est sur un autre point qu'il se trompe. C'est sur ce point que je veux revenir. C'est là l'important. Une page, qu'est-ce que ça prouve dans un roman ? Le connaisseur le plus averti peut s'y méprendre. Je le répète : on peut s'amuser à ce jeu avec n'importe quel auteur. Ce qui compte dans une œuvre, c'est l'ensemble. C'est la cohésion de toutes ses parties, sa construction... C'est la disposition de cette page dans l'ensemble de l'œuvre, son éclairage qui vient d'ailleurs... le glissement à partir d'elle... son ouverture... Enfin, je n'ai pas besoin d'insister. Une page imitée, même magistralement, ça ne prouve rien. Absolument rien. »

— Ah là je proteste. Chaque page compte. Chaque ligne compte. Chaque phrase fait vivre, elle fait exister une sensation, un sentiment, même une idée, oui, une idée. Chaque phrase est le mouvement vivant par lequel une sensation unique... ce n'est pas un mouvement gratuit... Alors, si ce mouvement imité, cette forme inerte, académique, je le dis bien, si elle est meilleure — c'est l'essentiel, c'est là l'important — alors ce qu'elle imitait, je vous le demande, qu'est-ce que ça pouvait bien valoir ?

Ils ont l'air de se concerter... leurs regards se cherchent... il y a des conciliabules à voix basse... ils élaborent un nouveau plan... Mais enfin, d'après lui... Mais qu'est-ce qu'il dit ? Une seule forme est possible, pour lui, une seule est valable... Mais attention... Attendez... Et Joyce, qu'est-ce qu'il en fait ? Attendez, on va lui demander... Comme au jeu des proverbes, l'un d'entre eux, au nom de tous, parmi les regards, les sourires amusés, les chut, ne dites rien, laissez-le répondre, l'un d'entre eux, très pince-sans-rire, prend la parole : « Et Joyce, qui a repris le monologue intérieur de Desjardins ?... Comment expliquez-vous ça ? Hein ? »

Ah, touché... Voyez-le... voyez comme il hésite, il vacille... comme il se passe la main sur le front... « Mais le monologue intérieur... Mais attention. Mais il ne faut pas confondre. C'est une technique que Joyce a reprise. Il n'a pas imité une forme... » Que bredouille-t-il, ils ne saisissent pas bien... « Technique... Procédé... Forme... ce n'est pas la même chose... Il y a là une confusion... Attendez, mais voilà... Pas besoin de cela... Voilà... Le monologue intérieur... ce n'est pas un procédé... Sa voix sonne clair maintenant : c'est un pan de la vie psychique que Desjardins a voulu mettre en valeur... » Des voix s'élèvent de tous côtés : « Encore mieux. Bravo. Alors nous avons gagné. Voilà où cela vous mène. C'est la substance même, à vous entendre, et donc la forme, que Joyce a imitée. Joyce — voilà où vous en arrivez — Joyce a fait de l'académisme... »

— Non, non et non... il crie... Non justement, Joyce a poussé plus loin. Rien de commun entre son monologue intérieur à lui et celui de Desjardins. Il a apporté sa propre substance. Un monde à lui... Il a fait mieux...

— Mais Jacques... pourquoi encore discuter ?... L'impatience, la fierté lui font rompre tous les barrages... tu l'as dit : Joyce a fait mieux, mais alors, Jacques, mais toi aussi !

— Mais bien sûr, ma chérie. Je suis tout convaincu. Me voilà persuadé... Comme le toréador qui fait le tour de l'arène, traînant sa cape négligemment, attrapant au vol avec une désinvolte élégance les oreilles et la queue, les chapeaux, les souliers que des gradins on lui lance, il salue : « Merci. Je suis comblé. Auprès de l'auteur des Fruits d'Or, comparé à Bréhier, je suis Joyce. »

« Et c'est ainsi que des livres dont chacun s'ingéniait à combler le vide... Les gens les plus sensibles, les plus intelligents y déversaient — et avec quelle générosité — tous leurs trésors... On trouvait à leur minceur une grâce exquise... On découvrait dans leur obscurité Dieu sait quelles épaisseurs... et puis ils se sont comme vidés... c'était trop lourd à porter... ils sont revenus à leur état premier, ils se sont trouvés réduits à eux-mêmes... creux... confus... grêles... convenus... de pauvres choses... Celui qui encore aujourd'hui les admire, fait un peu niais, balourd... De ces livres-là, il y en a tout le temps, il y en a toujours eu... Mais pour ne prendre que les plus récents... tous ceux-là, tenez, par exemple... »

Une gaule désinvolte les pousse... Tous pareils, portant la même marque, docilement ils se rassemblent, ils se bousculent un peu,

188

leurs flancs empoussiérés se touchent, et Les Fruits d'Or sont là, parmi eux.

Ce que faisaient pressentir certains silences, certaines froideurs, des échanges à peine perceptibles de regards, de sourires, des reculs discrets, de timides rumeurs, maintenant est proclamé sur toutes les places, placardé sur tous les murs. Nul n'est plus censé l'ignorer : ceux qui de près ou de loin, ouvertement ou secrètement, et jusque dans les tréfonds obscurs de leur conscience éprouvent encore pour Les Fruits d'Or de l'admiration ou même un simple attrait, un peu de sympathie, tous ceux qui encore aujourd'hui les fréquentent, les défendent, leur cherchent des excuses, leur trouvent des circonstances atténuantes, leur apportent par la parole ou par la pensée un soutien quelconque, sont des sots.

Nous sommes tous ici, n'est-ce pas, de même espèce, de même couleur, de même race, de même confession et de même rang.

Soudés en un seul bloc. Il n'y a et il ne peut y avoir ici, entre nous, aucun paria. Aussi, avec une certitude qui tous nous honore, avec la ferme assurance de ne faire rougir personne, avec une fraternelle confiance je peux vous regarder droit dans les yeux et répéter avec force ce que chacun sait déjà : ceux qui, encore aujourd'hui, admirent Les Fruits d'Or sont des sots...

Mais moi, ça me brûle, ça m'incommode... Cette fraternelle et innocente confiance qui répand sur nous ses rayons dans lesquels, très détendus, paresseusement tous ici se chauffent et se dorent, moi, elle me fait mal au cœur, la tête me tourne, elle va me donner une insolation, je dois me protéger, voilà, je vais me dresser et interposer entre elle et moi cet écran : Mais moi, vous savez, moi je dois vous avouer que pour ma part, Les Fruits d'Or, j'aime beaucoup ça.

Voilà. Je suis donc un sot. Je suis un sot :

qu'ils regardent. Encore un instant et je vais exhiber devant eux ce signe secret que je porte, cette marque indélébile qu'ils ont eux-même gravée, et la pudeur, et une honte légère vont leur faire détourner les yeux.

Moi, Les Fruits d'Or, j'aime ça... je ne peux pas le contenir, la poussée est trop forte, déjà le jet brûlant monte jusqu'à mon visage, dans un instant il va jaillir, les asperger, les inonder — un geyser qui nous fera rouler les uns sur les autres, perdant la face, nos mèches dégoulinantes pendant en désordre sur nos visages, nos vêtements trempés collant à notre peau.

J'aime Les Fruits d'Or, je vais dire cela, et le premier instant de désarroi passé, ils vont se relever, réparer le désordre de leur tenue, arranger comme il faut leur coiffure, tapoter et faire bouffer avec des gestes un peu dégoûtés leurs vêtements, tout redeviendra bien propre et net, ce sera pour tous — et même pour moi — un soulagement : ils vont se regrouper, et moi, je serai expulsé, tenu à l'écart, à ma place, moi l'étranger, le paria.

A distance ils vont m'observer : un homme qui a touché un objet électrisé. Des Fruits d'Or que ma main crispée ne peut lâcher passe un courant, je suis électrocuté, cloué sur place, tout mon être n'est plus qu'un bloc rigide, pétrifié : un sot.

Ils me regardent apitoyés, personne ne peut plus rien pour moi, personne ne peut risquer de se porter à mon secours... Ceux qui étendraient la main et me toucheraient seulement du bout des doigts seraient traversés à leur tour, nous serions soudés les uns aux autres en une file pitoyable et grotesque qui ferait rire si elle ne faisait pas pleurer : de pauvres sots.

Personne ne peut me sauver... Mais moi-même... Mais comment ai-je pu vouloir les narguer ?... Moi-même... Mais c'est de moi qu'à mon insu sort le courant, tout ce que j'admire en est aussitôt traversé, ma sottise de moi sur tout ce que j'aime se répand... de moi-même sur moi elle coule et mon appréciation de moi-même ne peut que me figer en cela : un sot. Moi le centre, moi l'axe autour duquel tout se groupait, tournait, moi dont le regard pouvait, si je le voulais, se perdre dans tous les lointains, atteindre tous les confins, moi la mesure unique de toutes choses, moi le centre de gravité du monde, je suis déplacé, déporté... tout vacille... je suis rejeté dans un coin, je tourne sur moi-même enfermé dans l'étroit espace que borne ma courte vue, je suis pris dans un jeu de miroirs qui toujours me renvoient cette niaise et grotesque image que sans le savoir je projette sur tout autour de moi.

Mais ce n'est pas vrai, ce n'est pas possible, ne le croyez pas... Attendez... Il n'y a là, je vous assure, rien de fatal, il n'y a là rien de congénital, ce n'est pas une question de constitution, quelque chose d'irréparable comme la couleur de la peau, comme la race, comme le sang, non, c'est juste une question de confession, une question de croyance, je peux parfaitement, vous voyez, je viens de le faire, m'arracher à moi-même, prendre du recul et

193

me juger, je suis libre de me transformer, de me rallier... On a vu depuis quelque temps les gens les plus intelligents faire de ces ralliements, ils n'en sont même pas restés marqués, personne ne songe à le leur reprocher... Moi j'aurai mis seulement un peu plus longtemps, mais, n'est-ce pas, il n'est jamais trop tard... mieux vaut tard que jamais... Voilà... je peux parfaitement reprendre ma place... au centre... au sommet d'où je verrai le monde entier s'étaler docilement sous mon regard... je peux recouvrer ma dignité et consentir à réviser mon jugement, il ne s'agit, après tout, que de cela, de ce seul point sur lequel je n'étais pas d'accord avec vous, je suis faillible, après tout, j'ai pu moi aussi me tromper... Les Fruits d'Or, voyons un peu... A vrai dire, je n'en ai plus qu'un assez faible souvenir... je vais encore une fois les convoquer et les faire comparaître devant moi...

Qu'ils reviennent, qu'ils approchent... Mais ils se dérobent... cela glisse, s'efface aussitôt, je ne parviens pas à le saisir... Mais attendez... je vais y arriver... Dans ce moule que vous m'avez donné, que je sais, comme vous, manier, la substance invisible se coule, s'adapte parfaitement... elle prend forme, je la vois... grêle... en effet... assez gauche... un peu simplette, cela est bien vrai... désuète... de celles qui doivent flotter dans les rêveries fades des petites filles à la mode d'antan... couventines... Claras d'Ellébeuse... Almaïdes d'Etremont... Mais que m'était-il donc arrivé ? Comment ai-je pu ? Comment, comme moi, tant de gens... C'est étrange... Où est-ce donc ? J'ai beau chercher...

Et soudain, c'est comme un effluve, un rayonnement, une lumière... je distingue mal sa source restée dans l'ombre... Cela afflue vers moi, se répand... Quelque chose me parcourt... c'est comme une vibration, une modulation, un rythme... c'est comme une ligne fragile et ferme qui se déploie, tracée avec une insistante douceur... c'est une arabesque naïve et savante... cela scintille faiblement... cela a l'air de se détacher sur un vide sombre... Et puis la ligne scintillante s'amenuise, s'estompe comme résorbée et tout s'éteint...

Ce qui passe là des Fruits d'Or à moi, cette ondulation, cette modulation... un tintement léger... qui d'eux à moi et de moi à eux comme à travers une même substance se propage, rien ne peut arrêter cela. Les gens peuvent dire ce que bon leur semble. Personne n'a le pouvoir d'interrompre entre nous cette osmose. Aucune parole venue du dehors ne peut détruire une si naturelle et parfaite fusion. Comme l'amour, elle nous donne la force de tout braver. Comme un amoureux, j'ai envie de la cacher. Qu'ils ne voient pas ce qui est là, entre nous, qu'ils ne s'approchent pas de cela, c'est tout ce que je leur demande. Je n'ai pas le moindre désir de les convaincre. Je n'ai pas besoin de leur approbation. Je ne veux pas de leur admiration. N'importe quel mot venu d'eux, qui se poserait sur nous ou seulement nous frôlerait, me ferait me rétracter, me replier sur moi-même et hérisser tous mes piquants. Je vais faire le mort. Le sourd. L'aveugle. Mes yeux vides fixés devant moi ne verront pas leurs regards se rencontrer et échanger l'assurance de leur confiance, de leur entente, de leur supériorité.

Je ne verrai pas suinter d'eux et luire sur leurs visages un contentement benêt.

Mais quelque chose me soulève, m'emporte, brise toutes mes résistances, courbe ma volonté, quelque chose d'aussi impérieux que les voix qui commandent à ceux que le Ciel a élus de tout abandonner, de renoncer à leur quiétude, à leur sécurité, à tous les biens de ce monde, et de subir le martyre pour faire triompher la parole de Dieu, quelque chose d'aussi puissant que ce qui pousse les révolutionnaires à sacrifier leur vie — la justice, la vérité soufflent à travers moi, une fureur sacrée fait vibrer ma voix, les mots en moi gonflés, tendus, jaillissent... « Moi je dois dire... et tous les regards surpris se tournent vers moi... Moi je ne suis pas du tout de votre avis. Moi Les Fruits d'Or, je trouve ça admirable. J'aime énormément ça. »

Maintenant, dans le silence qui suit cet éclat, le calme me revient. Le même souci d'efficacité qui fait trouver aux missionnaires pour évangéliser les peuplades sauvages, aux révolutionnaires pour convaincre les masses illettrées, les mots simples qui pourront pénétrer leurs âmes obscurcies, leurs esprits enténébrés, me fait choisir sans effort les mots qu'ils pourront aussitôt comprendre, ceux qu'ils ont l'habitude d'employer. Je leur parle avec douceur : « Oui, voyez-vous, moi ce qui me frappe, c'est qu'il y a dans Les Fruits d'Or une habileté si consommée, quelque chose de si évidemment concerté... Ç'aurait été tellement plus facile de sonder les profondeurs, de se vautrer dans les complexités... ç'aurait été tellement moins subtil d'étaler complaisamment les angoisses et les tourments... Au lieu de ça : cette simplicité, même parfois cette banalité... mais conquise de haute lutte, c'est évident... au prix de quels renoncements... Elle fait ressortir — avec quel art exquis ! — sans que jamais rien soit dit... avec quelle admirable pudeur, un vide, un désespoir... Je ne sais pas pourquoi Les Fruits d'Or me font penser à Watteau... Je leur trouve la même grâce fragile, la même tendre mélancolie... Et cette fin... alors, là, étonnante... quand tout sombre dans la confusion... Nous débouchons en plein désarroi...

Oui, Les Fruits d'Or, pour moi, c'est le plus beau roman métaphysique... Croyez-moi, il a fallu une rude maîtrise, un extraordinaire dépouillement pour mener à bout sans flancher un tel projet... »

Un petit ricanement pointu me répond : « Un pareil projet... Vous voulez rire... Ah on voit bien que vous ne connaissez pas Bréhier. »

Vous ne connaissez pas Bréhier... C'est tout simple. Ça explique tout. Nous comprenons très bien. Vous voilà tout excusé... Ne craignez rien... Que voulez-vous qu'il vous arrive ? Il ne peut être question ici, entre nous, de vous exclure, de vous juger... mais quelle idée... Comment peut-on imaginer pareil scandale ! Vous êtes un des nôtres, vous êtes parmi vos pairs ici, il ne faut pas oublier cela... Leurs regards continuent à décharger en moi par tombereaux l'assurance de leur confiance en notre supériorité commune, de leur solidarité... on dirait même qu'un soupçon d'admiration pour moi y fait étinceler de-ci de-là quelques paillettes... Ah ce cœur chaud, éternellement jeune, ah, cette tête brûlée... Toujours aussi enthousiaste, toujours prêt à se lancer à la défense des causes perdues, à donner aux indigents... il est si riche, il est si généreux... et si modeste... toujours prêt à s'effacer... il oublie que ce qu'il admire dans Les Fruits d'Or, c'est ce que lui-même leur a donné... C'est vraiment insupportable de penser qu'il peut se laisser duper par un homme comme Bréhier, qui ne lui vient pas à la cheville... Il a besoin qu'on le défende, il faut lui ouvrir les yeux... Vous n'auriez pas manqué de vous en apercevoir vous-même si vous aviez rencontré Bréhier, si vous l'aviez connu comme nous... C'est là un manque que nous allons très vite combler... Vous allez voir tout de suite... on a l'œil vif ici... Venez donc près de nous, un peu plus près, serrés les uns contre les autres, coude à coude... on est si bien... vous allez voir, vous serez étonné... Qui veut lui montrer ? Mais nous tous... nous trépignons, nous sommes impatients, très excités... moi... permettez... moi je peux vous raconter... Bon, vous, Jean-Pierre, vous c'est tout indiqué... Mais non... Enfin... c'est vrai... Je connais Bréhier depuis longtemps... Bien avant qu'il soit célèbre. Je dois dire qu'il m'a toujours frappé par son mauvais goût... une sorte de platitude d'esprit... Il s'excitait sur des ragots stupides, des mesquineries... Une vraie bonne femme... Il était capable... Jean, tu t'en souviens, quand on était bloqués par la tempête, dans ce refuge... Oui, à l'Aiguille du Goûter... Car il faisait de l'alpinisme... Oui, un moment... On avait fait des courses en montagne... de petites ascensions... il n'était pas très fort, pas bien courageux... et vaniteux, vantard en diable... Il a passé la nuit à parler, on ne pouvait pas l'arrêter... Ah si je m'en souviens... Ah quel supplice... Vous savez qu'il avait chez lui... Allons, venez, entrez... le palais est vide, le roi détrôné est en fuite... répandons-nous partout, fouillons... ouvrons les tiroirs, défaisons les lits, regardez ces albums, ces photographies, ces cartes postales... ah c'est du joli... voilà à quoi ils s'occupent, les grands de ce monde... il avait fait relier... mais oui, je vous le jure, regardez ces gros recueils... il collectionnait les comics, Pim Pam Poum... les Pieds Nickelés... il lit ça pendant des heures... Et sa discothèque... c'est à ne pas croire... Ecoutez... les plus mauvais chansonniers... le jazz le plus vulgaire... Fouillons, flairons, rien ne nous retient... nous aimons nous répandre sur tout... journaux intimes, lettres, confidences, fonds de tiroir oubliés, ragots de témoins, mémoires de domestiques congédiés... Tout nous est bon. Rien n'est sacré pour nous. Pas de lieux saints. Aucun tabou. Ceux mêmes dont l'œuvre pourrait tenir en respect ne sont pas épargnés. Bien au contraire. D'eux justement, de leur intimité quelque chose de particulièrement délectable se dégage, quelque chose qui nous apaise, nous rassure, nous assure que nous sommes bien tous les mêmes au fond, quand on y regarde de près, tous des hommes en fin de compte, bien pareils, malgré ce détail — leur œuvre... nous ne songeons pas à y toucher, nous la leur laissons bien volontiers... c'est là un accident, une excroissance curieuse, c'est là une maladie, c'est là, nous l'accordons, un petit miracle... on ne peut pas l'expliquer... mais quant au reste, quelle ressemblance... quant à tout le reste — comment ne pas le voir ? — on y trouve souvent tant de faiblesses, tant de paresse, d'incurie, tant d'infantilisme, de perversion, même parfois une telle bassesse qu'il nous est difficile, il faut l'avouer, de ne pas éprouver un sentiment bien légitime de supériorité.

Mais quand il s'agit de Bréhier... quand l'œuvre est à l'image de l'homme... quand il n'y a aucun miracle, nous devons constater — et vraiment sans grande satisfaction, en quoi cela pourrait-il nous réjouir, nous rehausser, je vous le demande — nous pouvons affirmer, croyez-nous : cette simplicité, cette naïveté que vous admirez tant chez Bréhier... mais voyons, elle n'a rien de concerté... Il prend tout pour de l'argent comptant, soyez-en sûr. Il va aussi loin qu'il est capable d'aller. Et cette obscurité de la fin, qui a tant ébahi les gens... personne n'osait dire qu'il n'y comprenait rien.. mais Bréhier non plus, c'est évident... Seulement il fallait se mettre au goût du jour... C'est un rusé... Mais que vous arrive-t-il ? Il a l'air tout contracté, il paraît incommodé... ah ces romantiques, ah ces rêveurs incorrigibles... ils aiment se perdre dans les nuées... fouler les prairies fleuries... respirer l'air exaltant des cimes... Watteau... voyez-vous ça... que ne vont-ils pas chercher ? Quelles grâces... quelles hauteurs, quelles profondeurs... détresses métaphysiques, désarrois de bon aloi... laissez-nous rire... Ah c'est bien triste, n'est-ce pas, c'est désolant d'être arraché à tout cela, d'être ramené ici en bas, près de nous, dans la mesquine réalité, dans l'humble vérité. Mais que voulez-vous, il faut en prendre son parti : elle est la plus forte. Tôt ou tard, quoi qu'on fasse, il n'y a pas moyen de lui échapper...

Non. Attendez. Il y a quelque chose là qui ne tient pas. Je ne saisis pas très bien ce que c'est... mais je sens qu'il y a là quelque chose de faux... quelque chose de délibérément faussé. On se joue de moi... Mais où suis-je donc tombé ? Parmi quelles gens ? Dans quel tripot ? Vous trichez. Voilà la preuve. Je la tiens... Rimbaud aussi, vous m'entendez... Rimbaud... et pourtant qui de vous oserait attaquer son œuvre ? Personne, n'est-ce pas ? Elle est sacrée. « Rimbaud était exactement comme Bréhier... Rimbaud aimait aussi tout cela, vous le savez : les peintures idiotes, les livres érotiques sans orthographe, les petits livres de l'enfance, les refrains niais, la littérature démodée... Rimbaud aussi... comme Bréhier... »

Ils se redressent tous ensemble, durcis, serrés les uns contre les autres, formant une seule masse : « Oui, mais ça, dites donc... Je protège mon visage, je courbe le dos... Ça, c'était Rimbaud ! »

Ah le pauvret, comme il se débattait... Il faisait peine à voir... Il fallait l'entendre protester de sa bonne foi, fournir des alibis... Des influences, bien sûr, il était tout prêt à l'avouer, il en avait subi... Comment l'éviter ? Quel mal y a-t-il à cela ? Pourquoi le cacher ? Des noms ? Mais les voilà. Il ne demandait pas mieux que de les donner. Peut-être même, il était tout prêt à le reconnaître, si c'était vrai... peut-être a-t-il pu parfois, à son insu... cela arrive... il n'y a jamais, en art pas plus qu'ailleurs, de génération spontanée... Mais cela non. Pas cela. Pas ce qu'on voulait lui imputer. Cela non, c'était faux. Archifaux. Ces gens-là, il ne les avait jamais fréquentés. Il connaissait tout juste leurs noms. Il avait des témoins. On pouvait les interroger, ils diraient quand, en quelle année ils lui avaient parlé d'eux pour la première fois... Ils n'ont pas dû l'oublier... Ils avaient été surpris de voir qu'il n'avait jamais ouvert leurs livres, il n'en avait jamais lu une ligne. C'est incroyable, il le reconnaît, mais les meilleurs d'entre nous si on les interrogeait révéleraient dans leurs lectures de ces trous énormes. Tous les experts du monde pouvaient lui donner tort... il ne cesserait jamais d'affirmer qu'ils se sont tous trompés, ils n'y comprennent rien, il n'y a rien de commun, aucune ressemblance. Ils pourraient s'en apercevoir s'ils y regardaient de plus près. Ils le regretteront plus tard, tant pis pour eux... Fou d'orgueil, il criait cela... Ce qu'il y a là, dans Les Fruits d'Or... ce qui les distingue de tout ce qui a jamais été écrit jusque-là, c'est à lui, à lui seul, depuis toujours... Jamais personne n'a pu s'interposer entre cela et lui, depuis son enfance le contact s'est établi, direct, spontané... c'est sa sensation à lui, fraîche, intacte, neuve... nourrie de ce qui se cache au plus secret de lui-même... C'est sa plus intime substance trouvant d'elle-même sa forme, comme malgré lui cela a jailli...

C'est vraiment pathétique de voir comme tous ils se ressemblent, comme ils ont tous cette même illusion. Chacun a la conviction que c'est par lui que s'est accompli le miracle.

Mais ils ont beau protester, ils ont beau supplier, ils ne peuvent pas nous fléchir. Il n'y a rien à faire, il est impossible de nous tromper. Notre esprit est ainsi fait qu'il parvient à contenir en lui tout entière, inscrite comme sur les cartons d'un jeu de loto, la littérature du monde, découpée en petits carrés numérotés. Que quelque chose d'inconnu surgisse et aussitôt nous le saisissons, nous le tournons et le retournons. Montrez-moi ça. Faites voir un peu ce jeton. Quel est son numéro ? Ah voilà. Attendez... je vois... Sa place est là, voilà son casier... Quelquefois on cherche un peu... mais c'est si délicieux, cette excitation, cet apaisement, rien ne nous amuse autant que ce jeu quand, tiens... mais c'est là, je l'ai, passez-le par ici, donnez-le-moi.

Il arrive parfois qu'un jeune écervelé avant même d'avoir osé réaliser son projet, pris d'impatience, soulevé d'enthousiasme, d'es-

poir, aveuglé d'orgueil, vienne dans un transport soudain devant nous se pavaner...
« Voyez, je n'en parle qu'à vous. Ecoutez quelle idée m'est venue... Cette sensation qui bouge en moi, il m'est apparu dans un moment d'inspiration que je devrais la faire tourner sur elle-même, toujours plus haut, entraînée par son propre mouvement, à travers le livre entier elle se déploierait dans un mouvement en spirale... — En spirale ? Nous nous emparons de cela : Un mouvement en spirale ? Attendez. Ça me dit quelque chose. Attention, hein. Méfiez-vous. Vous savez qu'il y a longtemps que ç'a été fait.

Et tout en lui aussitôt se rétracte, s'affaisse. Sa sensation comme la fleur à peine éclose du pommier sur laquelle une bouffée de vent d'est a soufflé s'étiole, pend misérablement, va se détacher.

Il vaut mieux ainsi, quand l'occasion se présente, prendre d'avance ses précautions, s'éviter pour plus tard un surcroît inutile de travail. Voyez à quels débordements on peut laisser les choses en arriver quand on n'a pas pu intervenir à temps. A quels désordres, à quelles hallucinations collectives, à quelle hystérie. On se trouve débordé, impuissant à endiguer l'énorme flot. Obligé, assez long-temps parfois, comme cela s'est produit cette fois-ci, pour Les Fruits d'Or, d'attendre...

Mais en fin de compte, tout rentre dans l'ordre. Partout sans cesse nous veillons. Dans toutes les rues nos hommes-sandwiches se promènent portant sur leurs pancartes en lettres énormes : Tout est dit. Il n'y a rien de nouveau sous le soleil. Sur toutes les places, nos prédicateurs apaisent les populations : « Calmez vos vagues regrets, arrêtez vos rêveries, tournez vers des buts plus sûrs et plus utiles vos nostalgies, guérissez-vous de vos sentiments d'infériorité. Vous n'avez rien à regretter. Vous n'avez pas à vous inquiéter. Il n'y avait rien à chercher, vous n'auriez rien pu trouver : tout est dit. »

Quelquefois — cela arrive — soudain au milieu de la foule une femme ou un homme s'abat, se tord, se griffe le visage, pousse des clameurs : « Et Rimbaud ? Rimbaud... » Alors fendant doucement la foule émue qui s'agite ils s'approchent du forcené... ils lui caressent la tête, disent des mots apaisants... « Mais ça c'était Rimbaud, voyons. Allons, allons, revenez à vous. Qu'est-ce que c'est que ce désespoir, ces cris... Ça c'était Rimbaud. Calmez-vous. N'ayez pas peur. Nous sommes la règle, et Rimbaud c'est l'exception. »

Tout est en ordre. Les morts, ceux qui viennent de mourir, ceux qui sont morts depuis longtemps, rangés par catégories, les petits, les moyens et les grands, reposent chacun à sa place. Voyez comme nous les avons rangés. Nous les avons autopsiés, classés et numérotés.

Les grands, bien embaumés, gonflés de paraffine et fardés, ont presque l'air vivants. Devant eux que gardent jour et nuit des sentinelles figées les foules silencieuses génération après génération sagement défilent.

Mais même ceux-là, les grands, eux qui se sentaient si libres, si désinvoltes, audacieux, eux si sûrs d'être uniques, absolument imprévisibles, ils seraient surpris de voir où, auprès de qui on les a mis, d'apprendre ce que nos méthodes d'investigation ont révélé... comme ils étaient eux aussi ballottés au gré des courants, rassemblés par bancs et poussés par le flux et le reflux régulier des marées.

Maintenant pour celui-ci, qu'il faut absolument se dépêcher de caser, il mérite, ne serait-ce que par tout ce bruit qu'il vient de provoquer, au moins provisoirement une place... parmi les petits, c'est évident... mais — et c'est là toute la question — auprès de quels petits, aux pieds de quels grands ?

— Ce qu'il y avait chez Bréhier... ce qui était agréable quand on lisait Les Fruits d'Or... je dois dire que moi je l'ai toujours pensé, je ne le disais pas... pas fou... qui aurait osé ?... ce qui était délicieux, c'est qu'à tout moment on était arrêté... on se disait, tiens, tiens, mais qu'est-ce que c'est ? mais d'où ça vient ?... il me semble que j'ai déjà entendu ça, c'est un son de cloche connu, ce rythme, cette chute de phrase... un certain ton... cette image, mais ça me dit quelque chose, mais j'ai vu ça quelque part... Une expression, un seul mot parfois, et de là on partait, on cherchait... Personnellement je trouvais ça très amusant. Ça me permettait de constater que j'ai conservé, ma foi, à peu près intact mon petit bagage. Je cherchais, et je trouvais presque toujours. Un bouquin comme Les Fruits d'Or, c'était un vrai jeu de puzzle. Fait de morceaux rassemblés... de trucs qui venaient de partout...

— Je vous crois... Vous savez que j'y avais découvert de l'Anacréon...

— Moi, Mademoiselle de Scudéry...

— Lautréamont...

— Et Sterne, voyons. Lui surtout...

— Non, là je ne suis pas d'accord. Vous vous souvenez de Thomas Mann, de ses premiers écrits ?

— Est-ce que Bréhier lit l'allemand ?

— Mais c'est paru depuis longtemps en français dans une petite édition, il est vrai épuisée, j'en ai eu un exemplaire entre les mains il y a quelques années. La ressemblance est stupéfiante.

— Oh vous... Pour que quelque chose vous échappe... Est-ce qu'il y a pour vous dans la littérature un seul recoin...

— Vous me flattez beaucoup...

— Je ne veux pas vous vexer, mais vraiment, quand il s'agit des Fruits d'Or... il me semble qu'on n'a pas besoin de chercher bien loin. Les modèles sont là, tout près... Ça crève les yeux...

— Remarquez que si Bréhier avait du talent, ça n'aurait pas d'importance. Tout dépend de ce qu'il a fait de tout ça... Pas grand-chose — voilà le malheur...

— C'était recouvert d'un léger vernis... au goût du jour... Ça ne manquait pas d'une certaine habileté...

— Oh, vous trouvez ?

— Si. C'est avec ça qu'il a tant séduit... Ça paraissait neuf et c'était connu. C'est ce que les gens adorent... c'est ce qu'il faut faire si nous voulons réussir... Croyez-moi, voilà le secret...

— Oh, comme réussite... Le pauvre, regardez où il en est. Quelqu'un l'autre jour est allé jusqu'à dire devant moi que sa fameuse scène d'amour semblait sortir tout droit d'une page de magazine... les secrets du cœur...

— C'est assez juste, avouez.

— Je trouve que nous sommes trop bons. Nous sommes là à nous creuser la tête... à lui découvrir des antécédents, des maîtres... Thomas Mann... Lautréamont... à nous demander où ?... auprès de qui ?... Je vous assure, c'est encore un reste de folie...

— La fosse commune... évidemment... c'est tout juste assez bon... Les bouquins de ce genre n'ont droit qu'à l'oubli.

Oui, c'est bien le cas de le dire, nous sommes mal partis. Nous voilà réduits à un piteux état. Et seuls, si seuls, c'est à ne pas croire. J'ai beau de temps en temps... il le faut... sait-on jamais... et s'il se trouvait tout d'un coup quelqu'un qui réponde, juste une autre voix... quel soulagement ! Il n'en faudrait pas plus pour qu'on se sente presque sauvés. Mais j'ai beau essayer, profitant d'un moment d'accalmie, de silence, avec fermeté pour les forcer à écouter, mais avec douceur pour ne pas les faire fuir, j'ai beau, de temps en temps lancer : « Et Les Fruits d'Or ? » tout au plus un regard glisse sur moi un instant et se détourne. Mais le plus souvent ils n'entendent même pas...

C'est qu'ils sont si affairés, il y a toujours chez eux un tel vacarme. Ce sont toujours les

mêmes cris, les mêmes pâmoisons... Et toujours cette certitude chez eux, qui chaque
fois me surprend. Des noms défilent sans
cesse, je ne cherche même pas à les retenir.

« L'homme dans le cosmos », « Grande
fresque »... « Mieux que Guerre et Paix »...
« L'homme moderne aux prises avec les
grands problèmes de notre temps »... c'est
cela qui les occupe en ce moment. J'ai
remarqué qu'à des moments comme celui-ci,
quand ils se sentent ainsi portés par l'Histoire, comme par un paquebot superbe, doté
des tout derniers équipements, soulevant sur
son passage des vagues et des gerbes d'eau
immenses qui font danser et chavirer autour
d'eux les fragiles embarcations, j'ai remarqué
que c'est à ces moments-là surtout qu'ils sont
particulièrement sûrs d'eux et contents... Il
faut le reconnaître, d'une certaine façon on
peut les comprendre. Moi-même parfois il
m'est arrivé de les envier... J'ai été impressionné... Et puis la curiosité m'a poussé, et
cette sincérité qui est, soit dit sans me vanter,
ma principale qualité... Je suis allé visiter ces

grands bâtiments. J'ai examiné de plus près ces fresques à la mesure de notre temps. Mais il n'y a rien eu à faire, je me sentais mal à l'aise, je m'ennuyais...

C'est que moi, pour que je sois détendu, rassuré, il me faut absolument trouver, peu importe où... je le sens très bien, mais je ne sais pas l'exprimer... je n'ai à ma disposition que de pauvres mots complètement usés à force d'avoir servi à tous et à tout... il me faudrait posséder le vocabulaire perfectionné de ces savants docteurs. Je sais qu'ils me trouveraient ridicule s'ils m'entendaient. Heureusement, ils n'entendent jamais. Enfin... ce que je veux dire, c'est que moi, pour me sentir comme eux content et en lieu sûr, il me faut trouver... et cela n'importe où... même dans une grande fresque, pourquoi pas ? je n'ai pas de préjugés... il me faut éprouver... je ne sais pas bien ce que c'est... c'est quelque chose comme ce qu'on sent devant la première herbe qui pousse sa tige timidement... un crocus encore fermé... c'est ce parfum qu'ils dégagent, mais ce n'est pas un parfum, pas même encore une odeur, cela ne porte aucun nom, c'est une odeur d'avant les odeurs... Il me semble que c'est cela... C'est quelque chose qui me prend doucement et me tient sans me lâcher... quelque chose d'intact, d'innocent... comme les doigts fluets d'un enfant qui s'accrocheraient à moi, la main d'un enfant qui se blottirait au creux de ma main. Une candeur confiante se répand partout en moi... chaque parcelle de moi en est imprégnée...

Je veux à tout prix m'en montrer digne... ne pas vous trahir... c'est ce qui me donne envie parfois d'oublier toute prudence et de lancer mon appel quand il ne le faudrait pas, quand il vaudrait mieux pour vous et pour moi nous faire oublier... Et Les Fruits d'Or ? j'ai envie de dire ça... Est-ce que vous vous en souvenez ?... C'est par la porte étroite seulement qu'on entre... Qu'importent les bâtiments et les constructions aux dimensions du monde si elles ne contiennent pas le crocus encore fermé, la main d'enfant... Est-ce là ou non ? C'est toute la question. Il n'y a, croyez-moi, que cela qui compte... Comment, je me le demande, quand le moment sera venu pour ceux-là aussi, aujourd'hui si puissants, de se cramponner à des gens comme moi pour accomplir la longue traversée, comment vont-ils s'y prendre, par quoi vont-ils les agripper... Mais je me retiens. Je me tais. Le ridicule nous écraserait. Ils s'en servent si bien. Nous sommes si fragiles et eux si forts. Ou peut-être, je sens cela aussi par moments, peut-être ai-je, sans bien m'en rendre compte, la certitude que c'est nous, vous et moi, les plus forts, même maintenant. Ils me font peut-être un peu pitié... Je ne sais pas... Disons tout bonnement, comme tout le monde, que c'est par politesse que je me tais, cette délicatesse du cœur. Donc je ne dis rien.

Déjà autrefois, quand on venait de se rencontrer, vous et moi, avant qu'ils se soient tous emparés de vous et qu'ils aient commencé à organiser en votre honneur toutes ces grandes réceptions avec fastes et déploiements de service d'ordre, je me montrais toujours prudent. J'attendais, comme ils font souvent, que l'autre commence... je voulais voir quelle direction il prendrait pour lui emboîter le pas.

On a dit que ce que les gens supportent le moins, c'est d'être accusés de chanter faux. Je crois que d'être soupçonné de manquer de goût est plus pénible. Aussi mon premier mouvement est-il toujours de reculer. Et puis, je me le dis parfois, peut-être, après tout, que c'est moi qui me trompe. Car enfin, qui suis-je ? Qu'ai-je fait ? Je n'ai même jamais songé à essayer d'écrire un roman. Je me demande comment on s'y prend. Je ne me rends même pas compte, par exemple, en vous lisant, s'il y a eu des difficultés à surmonter, et de quel ordre. Je n'imagine aucun obstacle sur votre chemin. Tout me paraît couler de source. Se développer naturellement. Quand je vois les gens compétents dépecer tranquillement une œuvre quelconque et examiner les morceaux séparés : Là, ce n'est pas mal, c'est très bien venu. L'auteur a réussi son coup. Vous avez vu la scène à la porte du cimetière ? Excellent. Et la petite vieille assise sur le banc au bord de la pelouse ?... Il n'y a pas à dire, ce sont de beaux morceaux... je m'étonne toujours, je me demande comment ils font. Moi, n'importe quoi, n'importe quel petit bout, pris au hasard, s'insinue en moi ou non. Et quand il le fait, il tire après soi tout le reste. Cela forme un tout indivisible. Comme un être vivant. Mais pour eux, il faut croire que les choses se passent autrement. Alors, comme je me sens auprès d'eux si démuni, il m'arrive de douter. Même à propos de vous, cela m'est arrivé. Mais chaque fois que je retourne auprès de vous, prêt à reconnaître que je me suis trompé... aussitôt entre vous et moi ça recommence... Alors je finis par me sentir très sûr... D'autant plus que j'ai pu constater que tous ces connaisseurs qui m'impression- naient tant, se laissent distraire si facilement... ils varient sans cesse, ils renient, ils oublient... En ce moment, il faut les entendre... Les mêmes mots reviennent. On pourrait croire que c'est de vous qu'on parle. La grande fresque est oubliée, le vaisseau de l'Histoire a sombré... il s'agit de nouveau d'un petit joyau bien poli... une perfection... ce qu'on a écrit de plus beau depuis quinze ans... depuis vingt ans... Ce sont toujours les mêmes chiffres : entre dix et vingt... suivant qu'ils s'excitent plus ou moins, se taquinent... Mais si excités qu'ils soient, ils osent rarement dépasser trente ans. Cependant il n'y a pas si longtemps, ils ont eu l'audace — et à propos de quoi ! — d'aller jusqu'à cinquante et même jusqu'à cent ans.

Mais il me semble que j'ai trop attendu. Le moment est venu. Je dois essayer de nouveau. Il ne faut pas laisser passer trop de temps. Je vais agir avec prudence. Il y en a un là, parmi eux, qui se tient un peu à l'écart des autres, il a un air vacant, un air disponible... « Et Les Fruits d'Or ? Vous vous en souvenez ? » Je vais lui glisser cela doucement... — « Les quoi ? » C'est tout ce qu'il m'a dit... Il ne faut pas s'en étonner. Voilà des mois qu'il ne m'est pas arrivé de rencontrer quelqu'un qui se rappelle votre existence. Je n'entends jamais prononcer votre nom. Mais j'ai senti qu'avec lui je pouvais insister : « Entre nous, c'est un fameux bouquin. Tombé dans l'oubli, je n'ai jamais compris pourquoi. Il faut le lire absolument. » Et il m'a dit qu'il allait voir ça... Je crois qu'il le fera, on peut lui faire confiance... et, qui sait, si c'était la sienne, l'autre voix ?

Voyez, on aurait tort de se décourager. Ce n'est vraiment pas possible que je sois une telle exception. Il doit y en avoir bien d'autres comme moi à travers le monde. Timorés comme moi. Un peu repliés sur eux-mêmes. Pas habitués à s'exprimer. Ils appellent peut-être timidement sans que personne leur réponde. Remarquez que de savoir qu'ils existent ne suffit pas pour qu'on puisse se sentir pleinement rassuré. Car il est certain que cette même impression, que vous leur donnez comme à moi, ils l'éprouvent devant Dieu sait quoi, que j'aime mieux ne pas imaginer. Il y a là, je le reconnais, quelque chose d'assez désespérant. Cela me trouble parfois au point de me faire croire de nouveau que c'est moi qui me trompe.

Mais il faut tout de même reconnaître qu'à la longue, à mesure que passe le temps, vos chances de vous tirer d'affaire augmentent. Ce silence où vous baignez, dépouillé de tous les vêtements et ornements dont vous aviez été affublé, nu, tout lavé, flottant à la dérive, avec moi cramponné à vous, rend très étroit notre contact. Nous sommes si proches maintenant, vous êtes tellement une partie de moi, qu'il me semble que si vous cessiez d'exister, ce serait comme une part de moi-même qui deviendrait du tissu mort.

Quoi de plus étonnant que votre force de résistance et ma ténacité ? Ceux qui, comme moi, s'efforceront de vous aider à faire la traversée doivent bien, tout faillibles qu'ils soient, inspirer quelque confiance. Je me dis souvent que c'est peut-être grâce à des gens comme moi, modestes et effacés, mais si opiniâtres, que ceux comme vous parviennent en fin de compte à subsister. Il ne semble pas que personne se soit préoccupé de tirer cela au clair. Ce serait pourtant intéressant. Pour ma part, je n'ai jamais bien compris comment ça se passe.

Je me demande par moments ce que vous deviendrez plus tard, sans moi... où vous allez aborder ? où échouer ? Certains, qui sont partis pour faire cette traversée dans les meilleures conditions, entourés de respect par les gens les plus sophistiqués, ont fini par être recueillis par des enfants et servent depuis lors à les amuser. Cependant il arrive que des adultes subitement s'en emparent de nouveau pour quelque temps. Mais c'est bien rare.

D'autres, longtemps repoussés de partout, reviennent tout à coup, après bien des années, s'installer aux tables des cafés, se pavaner dans les salons. Ceux-là, il me semble qu'il y a peu de chances pour qu'ils disparaissent un jour tout à fait. Leur cas me paraît bon.

« Et Les Fruits d'Or ? Est-ce que vous vous en souvenez ? » Cet effort qu'il faut faire chaque fois... Je ne parviens pas à me décider... C'est de sentir comme en eux immanquablement le mécanisme se met à fonctionner... comme un réveil qu'on a remonté, une horloge bien réglée... J'attends que la sonnerie se déclenche.

Même autrefois, au temps où de prononcer votre nom faisait retentir aussitôt des cris d'admiration, rien que de savoir cela à coup sûr, de l'attendre, me jetait dans une espèce de fureur, j'avais envie de les secouer pour les

fausser, pour les forcer à avoir des ratés...
Mais maintenant...

« Et Les Fruits d'Or ? » Voilà. Le système
d'horlogerie se met en branle... « Ah parce
que... » Ce sont les premiers grincements...
« Parce que... vous en êtes encore... » Les
coups sonnent... « Vous en êtes encore... aux
Fruits d'Or ? »

DU MÊME AUTEUR

PORTRAIT D'UN INCONNU.

MARTEREAU.

L'ÈRE DU SOUPÇON.

LE PLANÉTARIUM.

Aux Editions de Minuit

TROPISMES.

ACHEVÉ D'IMPRIMER
EN AVRIL 1963 PAR
EMMANUEL GREVIN et FILS
A LAGNY-SUR-MARNE

Dépôt légal : 2ᵉ trimestre 1963.
Nᵒ d'Éd. 9518. — Nᵒ d'Imp. 7290.

Imprimé en France.